新世紀超級英雄
HERO TEAM 04

Queen Victoria

卡繆

維多利亞是劍，卡繆就是盾；維多利亞花俏，卡繆就是樸實無華。卡繆和維多利亞總是出雙入對，而且對比強烈，一個陰、一個陽，不過即使卡繆是一名男裝麗人，她依然散發出明顯的女性氣質，行為舉止絕不粗魯。

超能力

「龍之轉生」，能夠變成如假包換的火龍。

維多利亞二世

維多利亞一世的女兒，現任ＱＶＡ的少當家。

超能力

「重力」，能夠控制一定範圍內的重力大小。

Legend Chaser

爆靈 火野 光

Legend　Chaser事務所旗下的超級英雄、前ＨＴ的超級英雄。曾經憧憬超級英雄的少女，但因為努力得不到回報，所以心灰意冷。經常處在脾氣爆發的邊緣。

超能力

「人工爆彈」，能夠把碰觸到的東西變成炸彈，並控制它在何時爆炸。

Hero Team

游諾天

超能力

「電子世界」，能夠潛入電子世界（digital world），從而控制電子產品，甚至是電腦網路。

Devil Sniper

惡魔槍手 許筱瑩

超能力

「惡魔槍手」，能夠憑空變出槍械，並且控制發射出來的子彈速度和軌跡，甚至是短暫消失。

Kung Fu Girl

功夫少女 關銀鈴

超能力

「超人身體」，限時一小時，此期間內她刀槍不入、百毒不侵、力大無窮，變成名副其實的超人。

Thousands Face

星銀騎士 胡靜蘭

超能力

「星銀之力」，能夠操控金屬的能力。在化身成星銀騎士時，她會把附近的金屬組合成中世紀騎士的盔甲穿在身上。

千面 藍可儀

超能力

「千變萬化」，能夠在一瞬間變成任何人，不過只限外貌，衣著和能力並不會跟著變化。

Contents

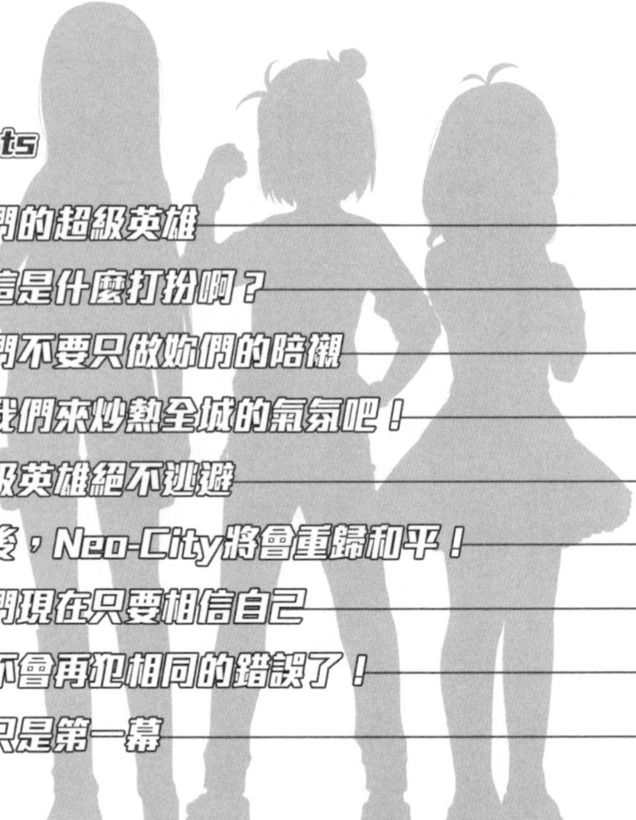

序章

我們的超級英雄

「各位 Neo-City 的同胞，今晚是一個值得紀念的大日子。三十年前，我們來自世界各地，擁有不同的文化、不同的歷史，但我們都有一個共通點，我們不畏艱辛，離鄉背井來到這一片荒蕪之地。」

ＮＣ的市長慕容博站在講臺上，他的話如同擂鼓般，結實地打在臺下眾人的身上。

「人工島嶼 Neo-City，外界很可能認為，這個島嶼的存在是理所當然，不過，我們所有人都知道，Neo-City 能變成現在這個模樣，絕非理所當然，它甚至是一個奇蹟。」

慕容博揚起右手，四周的聚光燈馬上亮起來，它們照亮的不是慕容博，而是他身後的宏偉大樓。

「世上所有偉大的成功，都是從第一步開始。三十年前，即使各國願意投資建造 Neo-City，但大多數人都認為這是一個沒有回報的計畫，甚至有人提議，與其花錢建造島嶼，不如重金投資人類移民火星。不能怪他們，地球的資源已經逐漸供不應求，在這種環境下仍然要建造新的土地，誰都會認為這種事情是本末倒置。不過——」

慕容博突然如吆喝一般提高音量。

「我們做到了！Neo-City 不只解決了地球土地不足的困擾，我們在島上所開發的天然能源系統，也逐漸在世界各地普及，大幅舒緩資源的問題。我們在這裡所做的一切，不只讓 Neo-City 變得更加繁榮，更開拓了世人的眼光，讓大家看到無限的可能性。」

慕容博停了口。大概兩秒鐘的沉默，令會場的氣氛頓即變得凝重，所有人都不敢隨便亂動，甚至不敢吁一口氣。

就在這時，一陣微風吹起了。

它倏地變成一陣猛烈的狂風，把會場吹得呼嘯作響。突如其來的巨變，在場人士卻沒有害怕，反而不約而同抬起頭，眼神之中盡是興奮神色。

「Neo-City 能夠如此成功，全賴大家的努力。不只如此，我們都受幸運之神的眷顧，祂不只賜給我們大展身手的機會，更加賜給我們和平的環境，讓我們可以專心一志地投入研究。」

「Neo-City 是全世界最和平的地方，不僅是因為大家是奉公守法的良好市民，更加重要的是，我們擁有全世界都渴望擁有的正義力量！這股力量從天而降，也許外界會認為這是一個巧合，但我們都知道，這正是上天對我們的肯定。這股力量已經和 Neo-City 合二為一，他們將會和我們一起，延續充滿希望的未來！他們就是——我們的超級英雄！」

全場爆出激烈的歡呼聲，緊接著風吹得更加猛烈，人們連忙壓著衣服，但他們都沒有忘記抬起頭。

在他們的頭頂，無數的金屬碎片就如同一個微型的龍捲風一般在空中迴轉，而在它們的中心，一名手握長劍，身穿黑色軍服的男子正傲然站在其中。

「喝！」男子高舉長劍，吆喝一聲，金屬碎片立即乘著狂風往上飛去，轉眼之間就到達大樓的頂部。碎片的速度極快，似乎要直接撞上大樓頂層，會場馬上傳來驚呼，可是軍裝男子卻不見一絲動搖，他只是抬起頭，平靜地看著上方。

一個銀白的身影現身了。

「真的來了！」

會場再次爆發歡呼聲，這一次除了驚喜之外，還夾雜著一分難以置信。

真的是「他」。

銀白的身影從頭到腳都被厚重的金屬盔甲包圍，從外貌來看，實在難以分辨出他的身分，不過看著他在空中自由翺翔的英姿，早已被遺忘的興奮記憶，隨即從腦海的深處往上浮起。

「星銀騎士！」

「星銀騎士！星銀騎士！」

不知是誰忍不住叫出他的名字，其他人聽到了，馬上跟著大叫出來。被稱為星銀騎士的「他」揚起雙手，幾乎要撞上大樓的碎片立即停下來，之後它們規律地逐一朝大樓頂層貼上去——短短幾秒，本來只是一堆無意義的碎塊，頓時變成一個耀眼的標誌。

ＮＣ，Neo-City的簡稱。

「今晚是我們Neo-City誕生的三十週年紀念，我要感謝各位，因為大家的努力，才能讓Neo-City變得如此繁榮！我更要感謝所有超級英雄，無論是現在的王者Excalibur，抑或是我們超級英雄的始祖Hero Team，自十年前起我們便一起努力奮鬥，我衷心希望我們可以繼續攜手向前，在三十年後的今日，再一次一起為Neo-City歡呼！」

如雷的掌聲淹沒了會場，他們的掌聲既是獻給致辭的慕容博，更是獻給兩位慢慢從天而降的超級英雄。

ＥＸＢ的「亞瑟王」，以及ＨＴ的「星銀騎士」。

正如同慕容博所言，無論是過去抑或現在，他們都和ＮＣ共同前進，在他們的守護之下，ＮＣ一直安享太平。

他們就是和平的象徵。

在場所有人，以及ＮＣ所有民眾都是如此深信，現場此起彼落的掌聲正是全城市民的心聲。

「超級英雄，萬歲——！」

◆◎◆◎◆◎◆

身後傳來響徹天際的歡呼聲，游諾天卻好像沒有聽見，他只是背靠在牆上，慢慢喝著手中的巧克力牛奶。

游諾天有著一張東方人的臉孔，表情嚴肅，眉間若有似無地皺起來，再加上一身整齊筆挺的黑色西裝，實在與他手上的巧克力牛奶格格不入。事實上，他每喝一口，眉頭便皺得越緊，幾乎要皺成一團。

然後他閉起雙眼，仰起頭吁出一口氣。

「辛苦了。」

一道輕鬆的聲音從旁傳來，游諾天馬上睜開雙眼，一個造型浮誇的嘉年華會面具便映入他眼簾。

游諾天的眉頭馬上皺得更緊了，因為他立即認出這張面具——在ＮＣ誰都會認得這張面具，它正是ＥＸＢ第二把交椅梅林的象徵。

「不過，自家的超級英雄在努力表演，執行製作人卻躲起來愁眉苦臉，這不是一個值得稱讚的好習慣呢。」

梅林半張臉都被面具擋住了，不過從面具下方露出來的笑容相當顯眼。游諾天看著他好一會，終於放鬆表情，淡然嘆息。

「既然如此，你為什麼會在這裡？」

「嚴格來說，我並不是執行製作人，而且今天是亞瑟親自上陣，我要是擔心他，未免太不自量力了。」

梅林笑著說道，之後他走到游諾天身邊的自動販賣機跟前，買了一罐特濃咖啡。

兩人並肩而站，牛奶和咖啡滑過喉嚨的聲響是通道裡唯一的聲音。直到游諾天喝完了，梅林也喝完了，他們依然不發一言，默默站在原地。

最後，游諾天忍不住率先開口：「你會來這裡，該不會只為了喝咖啡吧？」

「如果我說是呢？」

「那麼我就要回去了。」游諾天白了梅林一眼。

梅林馬上回他一個微笑，之後橫舉右手，隨意往旁邊丟出咖啡罐。

「匡！」雖然梅林的動作是如此隨便，甚至沒有望垃圾箱一眼，但咖啡罐卻準確地落在垃圾箱裡頭。

「你果然很焦躁不安呢。」

「你在說什麼？」游諾天立即瞇起雙眼，警戒地望著梅林。

「不只是你，那三個可愛的女孩子，以及終於回歸的星銀騎士，她們都和你一樣。」

「……你想多了。」

「放心，我不會追問的。家家有本難唸的經，就算是我們ＥＸＢ，也有不可告人的秘

密。但是，你們要記住一件事。」

梅林倏地收起笑容，凝重地看著游諾天。

「群眾是很敏感的。」梅林的語氣輕描淡寫。

游諾天沒有回答，仍然默默盯著他。

「超級英雄總是無所畏懼，群眾看著他們勇往直前的身影，就會覺得未來充滿光明與希望。然而，超級英雄若感到不安，即使極力隱瞞，群眾也很快會察覺到不妥，然後會跟著動搖。」

「……」

「這個時候，就是我們執行製作人大顯身手的時候了。」梅林冷不防這樣說道。

游諾天馬上忍不住說：「你剛才不是說你不是執行製作人嗎？」

「老實說，近來我一直都在認真考慮轉型的事。」梅林重新掛上那張令人摸不透的笑臉，「超級英雄太辛苦了，沒有人在背後支持，很難走下去。」

「排名第二的超級英雄，不可以說這種話吧？」

「所以我從來沒有在人前這樣說過呢。不過，如果有人能夠一起分擔身上的重擔，超級英雄一定可以走得更遠，甚至是一直走下去。」梅林望著游諾天，嘴邊的笑意變得更加濃厚。

「……這就是我們執行製作人的職責。」

「正確答案。因此，我們不可以焦躁不安。」梅林張開左手，一根黃銅手杖隨即落入他掌中。杖首造型獨特，兩根羊角往外伸展，連接羊角的卻是一顆漆黑的水晶球，在球體深邃的中心處，彷彿閃爍著一抹深藍色的光芒。

「面對不安，戰勝不安，也是我們的職責。」

梅林爽快轉身走向會場，同一時間，星銀騎士的身影從他正前方走來，他們都沒有停下腳步，梅林只是微微一笑，星銀騎士則是低頭回禮。

當梅林的身影在通道消失之後，會場很快再次響起歡呼聲。游諾天看著聲音傳來的方向，悄然垂下眼簾。

「諾天，你還好嗎？」星銀騎士問道。

星銀騎士看上去絕非高大威猛，卻也不是嬌小柔弱，包覆全身的金屬盔甲更加強了他的威武感。然而，「他」的聲音竟是如此纖細，輕柔如絲一般，不知道「他」真正身分的人，肯定都會對「他」的聲音大吃一驚。

「妳復出不久，馬上就要連續表演，辛苦妳了。」游諾天雖然說得平靜，但在這種時候說起這種話，星銀騎士立即察覺到他的不妥。

不過星銀騎士只是搖了搖頭，然後順著游諾天的話說，「只是兩天而已，和以前相比，根本不算辛苦。」

「如果身體有任何不適，不要逞強，馬上告訴我。」

「我會告訴你的，一定會。」

星銀騎士卸去右手的盔甲，露出白皙柔嫩的手掌，接著握起游諾天的手。

什麼都沒有說，就只是輕輕握著。

游諾天知道對方的意思，所以他用力回握，之後他深呼吸，毅然說出一句話，「明天我想去一個地方，妳可以照顧她們嗎？」

「你要去哪裡？」問完，星銀騎士隨即一顫，似乎已經猜到游諾天的目的地。

游諾天沒有立即回答。他真的要去嗎？自從上個月以來，這個問題便一直纏繞在他的心頭，好幾個晚上都因此失眠。

他一定要去。唯有去到那裡，他才能夠找到答案。

可是他要的也許不是真實的答案。他要的，是能夠令他安心的答案。

「我要去『醫院』。」

最後，他毅然回答。

第一章

妳這是什麼打扮啊？

ＮＣ的發展速度，其實遠遠超出所有專家的預測。

ＮＣ是在各國同意之下一起建造的人工島嶼，但由於各國都同意這裡不屬於任何國家，是一個完全的中立國，所以只願意投放最低限度的資源。

當島嶼落成之後，各國在名義上是把國家最優秀的人員送上島嶼協助開發，但大家清楚知道，被送上島嶼的人雖然也是人才，但都不是最頂尖的好手，再加上資源不足，專家估計至少要花五十年，ＮＣ才能夠變得繁榮。

不過「英雄之石」改變了一切。

超乎常識所能夠理解的超能力，大大加快了ＮＣ的發展速度，本來要用大量人力與物力才能夠做到的事情，超能力做到了；本來要經過複雜計算才能夠完成的城市規劃，超能力也做到了。

ＮＣ現今的發展，都是建基在超能力之上——這種說法，絕不為過。

然而，凡事都是一體兩面。

超能力為ＮＣ帶來光明，這是毋庸置疑的事實。

同一時間，超能力也為ＮＣ帶來人們不願正視的黑暗。

◆◎◆◎◆◎◆

游諾天今天沒有回到事務所，不過他依然穿著黑色西裝，外套和襯衫更是刻意熨過，比平日更加整齊筆挺。

昨日天朗氣清，天文臺也報導說今天將會是晴朗的一天，可是在游諾天出門之前，天空便下著綿綿細雨，把整個NC都包覆在煙雨之中。

「……」

游諾天抬起頭，凝望著眼前的白色建築物。有那麼一瞬間，游諾天想要轉身離開，不過在這之前，他用力深呼吸，然後決然地跨出腳步。

一片死寂。

穿過自動門之後，眼前就是供人等候的大廳，可是眼下一個人也沒有，只有一排排整齊劃一的長椅，在白光燈的照射之下，它們顯得格外淒冷。

游諾天忍住逃走的心情，慢慢走向櫃檯，那裡也沒有人，只有一個銀色按鈴，顯眼地放在桌上。

「叮——」

尖銳的鈴聲響徹大廳，穿過游諾天的耳朵，他隨即皺起眉頭，然後再按一次鈴。

仍然沒有人。

游諾天等了大概一分鐘，忍不住要再壓下按鈴，就在這時，設置在牆上的電話響起。那是一部型號相當老舊的聽筒撥號式電話，響鬧的聲音比按鈴更加刺耳，游諾天眉頭緊鎖，一手抓過聽筒。

「我要見游白雪。」游諾天劈頭就說。

「姓名，身分，關係。」

聽筒的另一邊傳來冰冷的回應，游諾天悄然吸一口氣。

「游諾天，ＨＴ的執行製作人，是她的哥哥。」

對方沉默了。接著，牆邊一道木門往外打開，展現出一道往上通行的階梯。

「上來吧。」

階梯的兩側和大廳同樣都是一片白，彷彿是永無盡頭的白色海洋。游諾天來到二樓，在他的眼前是一名理著小平頭的男子，以及一名默默站在男子身後的黑皮膚女子。

「你應該知道，探病要提前預約。」

「我知道。」

游諾天在男子對面坐下來。男子體型健碩，眼神精悍，被他筆直盯著，恐怕很多人都會忍不住向後退，不過游諾天卻反而鬆一口氣。

這名男子，正是ＮＣ精神病院的院長嚴鐵一。

「既然如此，你也應該知道，假如要臨時探病，即使有著正當理由，我也必須通知卡迪雅。」

「她早就猜到我會來探病，而且……她應該早就通知你了吧？」

嚴鐵一語氣嚴肅，游諾天也不遑多讓，他始終正面迎接對方的視線，沒有露出一絲退縮神色。

「一個月前，不，也許在更早的時候她就跟你說過，如果我來這裡探病，要馬上通知她，對嗎？」

「既然你知道了，為什麼還要來？」

「因為我要見『她』。」

「在這種時候？」

「就是這種時候。」

游諾天堅定地說。嚴鐵一馬上瞇起雙眼，仔細打量眼前的男子，之後輕輕點頭。

「好，我就讓你見她。還記得規矩吧？」

游諾天爽快地把手機放在桌上，之後起身脫下西裝外套放在椅背之上。一直站在嚴鐵一身後的女子立即走向游諾天，仔細搜身和檢查西裝外套，確認沒有違禁品之後，對嚴鐵一點了點頭。

「記住，不可以有任何身體接觸，而且我們會全程監視。」

「沒問題。」

「帶他去接見室。」

嚴鐵一對女子下令，女子便帶著游諾天離開房間，然後走進另一條白色的通道。兩人左穿右岔，似乎繞了不少路，可是四周都是白色，游諾天不禁猜想，他們也許只是在原地打轉。

大概三分鐘之後，他們終於來到另一個房間。這房間也是白色的，不過比起之前單調乏味的房間，這裡總算友善多了，至少在牆邊的角落，擺放著一部自動販賣機。

「我可以買飲料嗎？」

游諾天指著自動販賣機問道，女子表情不變，點了點頭。

游諾天買了一罐巧克力牛奶，但他沒有立即打開，只是把它放在桌上，默默等待妹妹前來。

他想要保持冷靜，不過雙手卻不禁微微顫抖，他只好交握雙手，裝作毫不在意地盯著指尖。

一秒、兩秒、三秒……

時間只是過了短短一分鐘，游諾天卻覺得已經過了一小時，而他清楚知道這是因為自己太心急了，可惜他實在不能冷靜下來。

在見到她之前，內心肯定會繼續忐忑不安——

「哥哥？」

眼前的大門終於打開，緊接著一個驚喜的聲音傳到他耳邊。

「真的是哥哥嗎？」

一名女孩子睜大雙眼，難以置信地看著游諾天。游諾天也是一樣，他雖然極力想要保持平靜，但顫抖的雙手已經出賣了他。

「哥哥，我好想你啊！」

女孩想要跑到游諾天身邊，可是才剛跨出腳步，身後的男人立即抓住她的肩膀。女孩連忙掙扎，可是對方的力氣比她大多了，再加上她身上穿著拘束衣，所以她馬上被帶到椅子上，然後男子二話不說，用安全帶把她綑起來。

「嗚！放開我啦！」

女孩拚命扭動身體，可惜拘束衣和安全帶都完美地做好自己的本分，任憑她亂咬亂叫，它們依然紋絲不動，牢牢地把她綁在原地。

「你有十分鐘。」

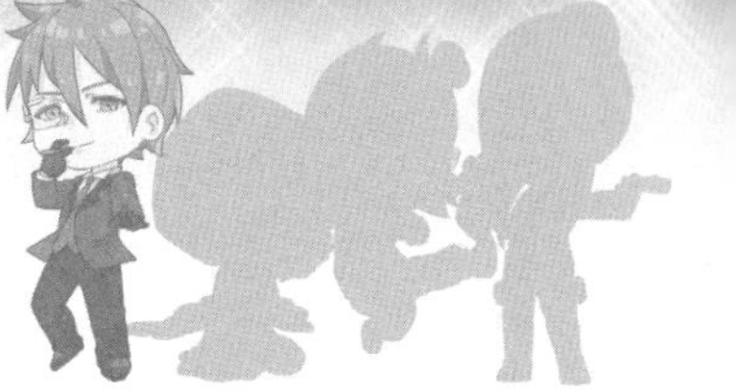

黑皮膚女子第一次開口了，游諾天沒有吃驚，只是皺起眉頭，輕聲開口：「白雪，乖一點。」

聽見游諾天這句話，本來還在大叫大喊的女孩馬上安靜下來，接著對著游諾天露出天真笑顏。

「嗯！我一直都是乖孩子！」

看著妹妹的笑容，游諾天既感到安心，同時又感到難過。

會感到安心，是因為她就在這裡。

會感到難過，是因為她仍然在這裡。

游白雪本來就身材纖細，現在穿上拘束衣，頓時顯得更加嬌小。她頂著一頭白髮，在白光燈的映照之下，彷彿銀絲一般閃閃發亮，乍看之下相當漂亮，可惜游諾天看著它，只感受到一股寒意。

那並非游白雪天生的髮色。

「我知道，所以這是給乖孩子的獎勵。」

游諾天終於打開巧克力牛奶的罐子，之後把它放在游白雪的眼前。

「是巧克力牛奶！太好了！哥哥餵我喝！」

游白雪馬上往前噘起嘴巴，游諾天很想立即走到她的身邊，可是在他有所動作之前，黑皮膚女子率先拿出一根吸管，然後放進罐子裡頭。

「喝吧。」

「不要！我要哥哥餵我！」

游白雪隨即別過臉，女子沒有生氣，也沒有強迫她喝下去，只是面無表情地拿著牛奶罐，平靜地站在原地。

「白雪，妳不是說妳是乖孩子嗎？」游諾天輕聲說。

「……但我想哥哥餵我。」

「下次見面的時候，如果妳仍然是一個乖孩子，我就餵妳喝。」

「不可以反悔啊！」

游白雪當場雙眼發亮，之後她轉回頭，一臉愉快地含著吸管啜飲著。她喝得很快，不到半分鐘，牛奶已經要被喝光了。

「噗哈！巧克力牛奶真好喝！哥哥，謝謝你！」

「妳喜歡的話，我下次再買給妳喝。」

「真的嗎？最喜歡哥哥了，啾——！」

游白雪噘起嘴，給游諾天一個飛吻，之後她再次含回吸管，盡力喝掉剩下的牛奶。

游諾天看著這樣的她，一直繃緊的心情終於稍微放鬆，可是他沒有忘記這幾個月以來

發生的事情，所以悄然握拳，放輕聲音說：「白雪，在這幾個月，妳有見過——」

「對了！我有留意ＨＴ的新聞，哥哥你好厲害！」

游白雪冷不防抬頭叫道，游諾天一愣，沒有把話說完。

「之前一直沒看到ＨＴ的新聞，我真的很擔心呢！不過哥哥你做到了！嘉年華會的表演，不只是報章雜誌，連新聞也有報導！尤其是最後一場，大家都說那是新版的『超級英雄大時代』！」

游白雪說得眉飛色舞，小巧的臉頰甚至泛起紅暈。

「不，和超級英雄大時代相比，我們的表演差得多了。」

「才不是啦！雖然我沒有親眼看到，但報導有說，大家都好興奮呢！對了，ＨＴ新來的三個女孩子，我看過她們的照片，她們都很可愛啊！尤其是功夫少女，我好喜歡她的大額頭！」

「那丫頭只是一個笨蛋，經常橫衝直撞，不過……」

游諾天瞇起雙眼，不動聲色地望著游白雪。

「她的確是一個可愛的女孩子。」

——僵住？沒有。

——睜大雙眼？沒有。

——狠狠瞪著我？也沒有。

游諾天放下心中的擔憂，繼續說：「ＨＴ就是需要這種充滿活力的女孩子嘛！」

游白雪仍然掛著燦爛的微笑，然後用力點頭。

「哥哥你太認真了，如果手下的超級英雄都是你這種樣子，事務所肯定會死氣沉沉！下次帶她來吧，我想見一見她！」

游白雪非但沒有生氣，甚至提出這樣的請求，游諾天終於放開拳頭，回她一抹苦笑。

「妳會被她煩死的。」

「不會啦！我和她應該會很合得來！另外兩名女孩我也想見一見呢，不如把她們都帶過來吧！」

游諾天又再次苦笑，正要開口回答，便見到游白雪身邊的女子指著手上的手錶，提醒他十分鐘時限已到。

「待妳出院之後，我介紹她們給妳認識吧。」

「一言為定！」

游白雪似乎也察覺到見面時限已到，所以她凝望著游諾天，說出最後一句話：「代我向靜蘭姐問好，請她不要太過操勞。」

「妳也要小心身體，我會再來的。」

「嗯！」

一直待在房間角落的男子走近游白雪，首先解開綁住她的安全帶，然後把她從椅子上拉起來。游白雪這次沒有掙扎，順從對方的動作站起身。

「哥哥，下次見！」

在離開房間之前，游白雪笑著對游諾天道別。當她離開之後，房間馬上變得安靜了，椅上的游諾天沒有立即站起來，只是靜靜地看著妹妹離開的方向。

「游先生，要走了。」

女子走到他的身邊，游諾天這才站起來，但在離開之前，他輕聲問道：「有必要讓她穿著拘束衣嗎？在這裡，她只是一個手無縛雞之力的女孩子。」

「游先生，請你不要忘記一件事。」

女子的表情依然沒變，可是游諾天聽得出她加強了語氣。

「也許在你眼中，她是一個可愛的妹妹；但在我們眼中，她是住在這裡的病人。」

女子打開大門，率先步出房間。

然後她回過頭，筆直地望著游諾天。

「住在這裡的人，全是危險分子。」

缺乏抑揚頓挫的話語，就像在訴說無可動搖的事實一般，毫不留情地打在游諾天的心頭之上。

游諾天無法反駁，只能夠不甘心地瞪著女子。

◆◎◆◎◆◎◆

游諾天離開了ＮＣ精神病院。他沒有再見到嚴鐵一，不過他知道對方一直在監視他，而且也把他的行蹤通知卡迪雅。

只要他回到市區，也許卡迪雅的手下就會立即找上他——他抱著這樣的心情走回去，沒走幾步，他果然見到一個熟悉的身影。

然而，她並不是卡迪雅的手下。

「我還以為你是隨便亂說，但竟然真的來了呢。」

「……」

「在這種時候來找她，如果被老女人知道……不，老女人肯定會知道，之後老女人一定會找你麻煩的。」

「…………」

「不過，該怎樣說，你總算願意面對她了嗎？」

「…………」

「我也想見她一面，畢竟我們已經…………你幹嘛不說話啦！」

站在游諾天眼前的人，正是《英雄Future》的專欄作家赤月。游諾天和赤月是多年的老朋友，雖然曾經斷絕聯絡，不過大概在半年之前，赤月不計前嫌，協助ＨＴ渡過倒閉危機，兩人因此重修舊好。

而在接下來那半年裡，赤月也多次幫助過ＨＴ和游諾天，游諾天看似毫不在意，但他其實很感激赤月為他們所做的一切——即使如此，眼前的景象實在太驚人了，所以他說不出一句話，只能夠睜大雙眼看著赤月。

「不要這樣子盯著我！」

赤月紅著臉大叫出來，游諾天終於回過神，之後露骨地嘆一口氣。

「妳還好意思這樣說……妳這是什麼打扮啊？」

赤月是一個可愛的女孩子，不過她總是一身中性裝扮，棗紅色的大帽子、棕色的男式西裝和長褲、四方格紋路的披肩，乍看之下就是傳統的偵探打扮，她本人似乎十分喜歡這種配搭，即使偶爾有人用奇異的目光看著她，她也會抬頭挺胸，不見一絲膽怯或害羞。

不過，此刻的她沒再穿著那身自豪的偵探服裝。男裝襯衫和長褲不見了，取而代之的是露出肩膀的輕飄飄連身短裙，裙襬極短，幾乎要露出半截大腿；她最喜歡的偵探帽子也不在了，平常不施脂粉的俏臉，現在被塗上厚厚的粉底，細薄的嘴唇也抹上鮮豔的紅色，配上那閃閃發亮的眼影，雖然妖魅，但也顯得過於花俏。

「這、這個……還不是你害的！」赤月似乎是不知道該遮掩裸露的肩膀還是大腿，雙手不斷在空中游移，她難得鼓起臉頰，不悅地瞪著游諾天。

「我害的？我什麼時候要妳穿這種——啊。」話未說完，游諾天就想起來了。他確實沒有要求過赤月任何事，但上個月為了幫助他，赤月的確被迫答應作這身打扮。

「本來我以為那個老女人和光頭小子要忘記了，但昨晚那個老女人突然找上門，然後二話不說把我綁架到局裡！這樣也就算了，這的確是我親口答應的事情，但她竟然趁我沒注意，偷偷藏起我的衣服！你知道她怎樣說嗎？她竟然說如果我不喜歡這身打扮，大可以赤裸走到街上！嗚呀！可惡的老女人，竟然給我耍這種陰招，我以後一定會十倍奉還！」

赤月抱頭亂叫，所幸這裡是市區的邊境地帶，四周沒有路人，不然她肯定大受矚目。要是就這樣不管她，游諾天肯定她會繼續大吵大鬧，因此他輕輕吐一口氣，然後脫掉西裝外套披在她的身上。

赤月仍然氣在心頭，但也老實抓緊外套。

「……這件事，給我忘掉它。」

「坦白說，我沒有忘掉它的自信。先上車吧。」

赤月顯然不滿意這個答案，不過她快步跟上游諾天，然後二話不說鑽進車子裡。

「我連怎樣卸妝也不懂……你們家的女孩懂嗎？」

「靜蘭應該懂吧。」

游諾天坐上駕駛座，不過他沒有立即發動車子，只是靠著椅背，抓起一片巧克力放進嘴裡。

「給我一片。」

「自己拿。」

赤月也抓起巧克力，吃了幾片之後，她總算冷靜下來。

「我來這裡的消息，妳是聽靜蘭說的，對嗎？」

游諾天忽然如此問道，赤月想了一會，點了點頭。

「她昨天晚上告訴我的。她猜到你為什麼會挑這種時間去醫院，她有點擔心，所以拜託我來看看情況。」

「這樣啊……」

「那麼，結果怎樣？」

赤月問道。她沒有望向游諾天，只是淡然望著前方，就像在刻意避開對方的目光。

「不是她做的。」

游諾天一邊回答一邊發動車子，赤月終於把視線瞥向他。

「你肯定？」

「嚴鐵一就在醫院裡。只要有他在，任何人都用不了超能力。」

其他人聽到游諾天這一句話，也許會摸不著頭腦，因為對他們來說，NC精神病院是一個不願觸及的黑暗地帶。

所有人都知道它就座落在NC的市郊邊境，但他們都決定忘掉它的存在——又或者說，是裝作忘掉它的存在。

因此，精神病院內的一切，他們都會避而不談。

不過赤月知道游諾天這句話的意思。

NC精神病院的院長嚴鐵一也是一名超能力者，而且他的超能力十分特殊，英管局稱其為「無效者」，能夠在一定的範圍內，把所有超能力無效化。

「但嚴鐵一可以持續一整天發動超能力嗎？」

「他是罕見的『被動型』超能力者，超能力會強制二十四小時發動。」

「這樣的話，她的確不可能使用超能力。」

赤月也安心地吁一口氣，接著把身體沉入椅背之中。

「但是那個紫衫女人……她好像認識白雪。」

「我問過嚴鐵一的女助手，在這半年期間，我是唯一來探望白雪的人。」

「那麼，那個紫衫女人是故意讓你動搖的嗎？」

「雖然我想不明白，不過似乎就是這樣。」

兩人終於回到大街，兩邊路上的行人逐漸變多，赤月悄然垂下頭，盡可能蜷縮身體。

「你現在有什麼打算？」

「回去事務所，準備明後兩天的工作。」

游諾天理所當然地回答，赤月馬上抬起眼睛望著他。

「我不是指現在這一刻，我是指……關於那個ＳＶＴ的。」說出ＳＶＴ這三個字的時候，赤月雖然極力忍耐，但聲音還是稍微變調。游諾天放慢車速，轉頭望著赤月。

「這不是我們該管的事，卡迪雅和英管局會處理的。」

「他們的目標是你們。」

「如果他們再來襲擊，我們當然會全力反擊，但除此之外，我們什麼都做不了。」

「即使他們的其中之一，是你們家的前超級英雄？」

赤月沒有指名道姓，但游諾天當然知道她說的是什麼人，而他更加知道，不只是他，在ＨＴ當中至少還有一人對這件事耿耿於懷。

可惜，他只能夠淡然地說：「追捕罪犯不是我們的工作。」

「這是真心話嗎？」

赤月放輕聲音說。游諾天隨即垂下眼簾，在要回答之前，他的手機適時響起了。

打來的人是胡靜蘭。

游諾天不禁一怔。胡靜蘭知道他今天要去精神病院，照道理不會主動打來——除非發生了緊急的事情。

他立即接過電話：「怎麼了？」

「抱歉，你事情辦好了嗎？」

「辦好了。我遇到赤月，我先送她回家，然後就會回去。」

「嗯，那麼我請她們稍等一下。」

「等一等。」游諾天輕皺眉頭，「妳是指女孩們嗎？我記得今天沒有工作吧？」

「女孩們都在等你回來，因為她們都大吃一驚呢。」

游諾天越聽越糊塗，於是他索性問道：「靜蘭，妳到底在說什麼？」

「維多利亞來了。」

眼前的紅綠燈正好轉換成紅燈，車子急速煞停的聲音隨即響徹街道。

第二章

我們不要只做妳們的陪襯

「製製製製製製作人！」

事務所的門口就在眼前，三名女孩子站在那邊，游諾天看著她們，馬上皺起眉頭。

「妳們怎麼站在這裡？」

「因為裡面太耀眼了！」

關銀鈴神色慌張，雙眼卻閃出明亮的光芒。她平時就是一個精力充沛的女孩子，甚至是有點聒噪的，因此看著她說得手舞足蹈，游諾天已經見怪不怪。

可是游諾天還是不太高興地盯著她。

「我知道裡面有什麼人，但妳該不會忘了妳自己也是超級英雄吧？」

「我沒有忘記啦！但她們真的好耀眼！」

——妳的大額頭也好耀眼。

游諾天在心裡嘆一口氣。關銀鈴正是超級英雄「功夫少女」，在這幾個月，她那身黃色的運動服已經成功打入大眾的心中，她可說是近來大熱的超級英雄。然而，當她遇上其他更加出名的超級英雄時，她就會立即變成一名小粉絲，興奮得難以自控。

「算了，妳就是這樣子……但妳們怎麼跟著她一起躲到外面來了？」

游諾天望向另外兩名女孩，藍可儀立即一顫，然後低著頭回答：「因為……小鈴她突然跑出來……」

藍可儀的聲音很輕，假如不認真去聽，恐怕會聽不清楚，不過和之前相比已經是大有進步。身為超級英雄「千面」，其可愛的外貌和豐滿的身材已深受市民愛戴，而她出場的時候雖然總是紅著臉低著頭，但每一次都努力完成工作，認真的模樣讓民眾更加喜歡她。

「靜蘭姐叫我照顧她們。」

許筱瑩用低沉的聲音回答。超級英雄「惡魔槍手」一向以冷酷的形象對外，現在許筱瑩戴上面具，語氣固然冰冷，護目鏡下的雙眼也流露出精悍的神色。然而，游諾天察覺得到她有意無意間避開自己的目光，似是不敢正面看著自己。

這一個月來，無論是戴上抑或脫掉護目鏡的時候，許筱瑩都是這種模樣，憂心的樣子顯而易見。

游諾天知道原因，而他身為執行製作人，早應該去解開她的心結，可是他並沒有這樣做——應該說，他做不到，因為他雖然知道原因，卻想不出解決辦法。

於是他只好一邊打開事務所的大門，一邊詢問自家的三名女孩：「我要進去了，妳們要跟進來嗎？」

「不行啦！我現在太興奮了，肯定會做出失禮的事情！」

關銀鈴大聲叫道。游諾天沒好氣地白了她一眼，逕自走進事務所。

半年前ＨＴ曾陷入倒閉危機，所幸這幾個月來業績大有改善，不過正因如此，ＨＴ眾人忙得不可開交，根本沒有時間翻新事務所，所以眼下的大廳仍然和之前一樣，只能用簡陋來形容。

而在這個簡陋的空間裡，一名舉止優雅得如同公主的美麗女性正悠然坐在沙發上，她沒有望向游諾天，只是細細品嘗手中仍然冒著煙的熱茶。

站在女子身後的男裝麗人則不同了，她一看到游諾天走進來，馬上瞪起雙眼，毫不客氣地說：「你這傢伙到底有沒有執行製作人的自覺？為什麼每次和ＨＴ見面你人都不在？上次你更任由靜蘭一個人帶團到遊樂園工作，你該不會是躲在ＨＴ吃閒飯的吧？」

被男裝麗人如此指責，游諾天沒有生氣，他只是平靜地走向胡靜蘭，反而是胡靜蘭忍不住反駁道：「露易絲，諾天他今天正好請假，我剛才不是說了嗎？」

胡靜蘭雙腳殘障，所以坐在輪椅上。加上她手腳纖細、肌膚雪白，看起來我見猶憐，不過她眼鏡背後的雙眼卻閃爍著堅定的光芒。

被她這樣瞪著，男裝麗人——露易絲．希萊恩不禁稍微退縮，但又不甘心地說：「現在ＨＴ正是要拚搏的時候，他會在這種時候請假，未免太鬆懈了。」

「我是以ＨＴ臨時代理人的身分，正式答應他的請假。」

胡靜蘭也不甘示弱，露易絲馬上顯得為難，她稍微漲紅臉頰，然後轉過頭，冷冷瞪著游諾天。

就在這時，坐在沙發上的女性終於開口了。

「露易絲，不要無禮。」

女子輕輕放下茶杯，動作輕柔得沒有發出半點聲音。

「我們今天是以客人的身分前來，而且事前沒有通知他們，是不請自來，但他們依然有禮地接待我們，我們要用相應的態度，對他們表達謝意。」

「不過——」

「我只會說一次。」

女子語氣平靜，不過露易絲立即僵直身體，然後默默點頭。

——真不愧是QVA的女王。

游諾天不動聲色，暗自在心中讚嘆眼前這位在NC擁有極高人氣、QVA的王牌兼當家——維多利亞二世。

大廳霎時間變得安靜下來，胡靜蘭趁這個時候端上一杯熱可可，游諾天接過的同時輕聲道謝。

甜膩的香味在大廳擴散，游諾天喝了一口，率先說道：「QVA竟然會親自找上門，我們真是受寵若驚。」

游諾天並非在嘲諷對方。ＱＶＡ是ＮＣ排名第三的事務所，屬於ＡＡ級，而ＨＴ則排名在六十一，是Ｂ級事務所的中下游。

「謙虛是美德，但過分的謙虛就是虛偽。難道你們滿足於現況，不再希望事務所排名往前邁進了嗎？」維多利亞直視著游諾天說。

「當然不是。」游諾天也回望維多利亞，「不過我們現在只是Ｂ級中下游的事務所，而妳們是第三名，我是在陳述事實。」

維多利亞接受游諾天這個說法，點了點頭。

「那麼，你們想要更進一步嗎？」

「這正是我們的目標。」

游諾天堅定地說道。維多利亞聽到之後，嘴角輕輕往上揚起。

「不錯的眼神。既然這樣，我正式向你們 Hero Team 提出邀請。」

「什麼邀請？」

游諾天內心驚喜，但仍然奮力保持冷靜。維多利亞口中的「邀請」，他只想到唯一的可能性。

大概半秒之後，維多利亞果然說出他心目中的答案。

「和我們ＱＶＡ合演的邀請。」

◆◎◆◎◆◎◆

「合演？」

雖然維多利亞的回答和自己猜想的完全一樣，但游諾天還是忍不住反問。

「正是。我和卡繆認真討論過，都認為這是一個對我們雙方有利的提案。露易絲，請向他們說明提案的詳細內容。」

露易絲點了點頭，然後打開手邊的檔案夾。

「每年六月，我們ＱＶＡ都會舉辦一連六天的大型表演《女王巡遊》。」

ＮＣ前五名事務所在業界有「五巨頭」之稱，除了第四位的 The Wizard Tower，其餘四間事務所每年都會舉辦一次為期數天的大型表演，ＱＶＡ的表演正是名為《女王巡遊》的大型歌舞劇。

劇本以女主角維多利亞為中心，在故事之中，她是一名因被奸臣所害而被迫流亡國外的女王。為了收復江山，她不畏風雨和危險，孤身一人到世界各地探險，之後她遇上無數強敵和伙伴，組成英勇的騎士團，最終回到故鄉，成功打倒奸臣，重新登基。

「是妳們每年的重頭戲。」

游諾天道出事實，露易絲卻不悅地瞪了他一眼。

「是的，就是我們的重頭戲，全城市民都知道。」露易絲故意加強語氣，「我們會在兩個月前，即是四月開始出售門票，不到一個星期就會售罄。」

「我也有留意妳們的情況，真的很厲害。」

胡靜蘭笑著說道，露易絲馬上放鬆表情，回給她一個微笑。

「妳過獎了，這都是因為大家的支持。不過……」露易絲隨即臉色一沉，之後壓低聲音說：「這兩年來，《女王巡遊》的成績停滯不前。」

游諾天隨即挑起眉頭，他沒有追問，只是安靜地等待露易絲說下去。

「《女王巡遊》是六年前由前當家維多利亞一世創辦的表演，當時表演是一連四天，過了兩年之後，由於市民相當熱情，所以我們決定追加一天的表演，但依然供不應求，於是變成一連六天。」

露易絲本來一臉自豪，但說完這些話之後，她悄然吁一口氣。

「可惜，這已經是極限了。雖然門票依然會在一星期內售罄，但我們做過調查，假如我們追加一天的表演，最後一日的入座率大概只有八成，而且會分散其他日子的觀眾數目，整體的收益恐怕不如理想。」

「而且大家都開始習慣了，對嗎？」

游諾天平靜地說，露易絲立即瞪起雙眼，不過她沒有斥責對方，只是不情願地點頭。

「我們每年都會嘗試加入新的表演元素，可惜整體都是以維多利亞為中心，觀眾看多了，自然會略感平淡。所以，我們今年打算放棄《女王巡遊》。」

「咦！」

一聲尖叫猝然響起，緊接著大門轟然打開，關銀鈴似乎忘記了害羞，一鼓作氣衝到露易絲跟前。

「妳們要取消今年的公演嗎？請不要這樣做！大家每年都好期待妳們的表演呀！如果妳們取消了，大家都會失望的！」

關銀鈴激動得幾乎要抓起露易絲的雙手，露易絲一愣，然後忍不住笑出來。

「妳真是一個有趣的孩子呢。放心，雖然我們打算放棄《女王巡遊》，但我們還是會舉辦公演的。」

「是這樣嗎？太好了！啊，請不要誤會，我不是說妳們放棄《女王巡遊》是好事，我以前有買ＤＶＤ來看，真的是很精采的表演！」

「多謝妳的讚賞。」

「大家都好漂亮啊！不只是維多利亞小姐，其他超級英雄都好可愛，而且也很帥氣！

雖然都是女孩子，卻有一種獨特的英勇氣質——」

「咳咳。」

關銀鈴說得如痴如醉，忽然游諾天兩聲乾咳，她馬上回過神，尷尬地說：「抱歉，我太激動了……」

關銀鈴趕忙退到游諾天和胡靜蘭的身邊，就在她想著是否該回到事務所外面之際，維多利亞開口了。

「不必在意，女孩子充滿活力，比任何東西都更耀眼。」

維多利亞溫柔地笑了一笑，關銀鈴看著，當場臉紅心跳。

「這、這個——」

「妳們也進來吧。」維多利亞轉過頭，對門邊的二人輕聲說道。

藍可儀看起來驚慌得不知如何是好，許筱瑩也略顯慌張，但最後還是帶著藍可儀一起進去。

維多利亞望向露易絲，示意她接著說下去。

「你們在嘉年華會的表演，雖然我們沒有親眼欣賞，但我們看過錄影，它不只精采，還給了我們很大的啟發。」

「所以妳們想到，也許可以和其他事務所合作表演。」游諾天說。

「不只是這樣。」露易絲把另一個檔案夾遞給游諾天。

「事務所聯合表演，這種事其實並不罕見，但對於我們來說，這是一個從未有過的新鮮想法。」露易絲翻到文件的另一頁，同時示意游諾天打開檔案夾。

「因此，正如維多利亞剛才所說，她和卡繆認真討論過，之後諮詢了很多資深超級英雄的意見……坦白說，直到現在這一刻，我們都不敢肯定這是否是一個好主意。」

《異國的公主們》。

打開檔案夾，文件的標題便映入眼簾。游諾天不禁挑起眉頭，而關銀鈴雖然極力忍耐，但也忍不住探頭窺看。

「這是我們新的計畫。」露易絲停了口。

游諾天趁機快速翻閱文件。

讀完之後，他好奇地望向維多利亞，「妳應該知道，妳在QVA的地位無可替代。」

「我知道，但你有一點誤解了。」維多利亞平靜地說：「不只是我，QVA旗下所有人都無可替代。」

「即使如此，市民每一年都期待看到妳的表演。」

「我並非就此隱退，我仍然會待在舞臺之上，只是以不同的方式，為含苞待放的花朵們指引新的道路。」

維多利亞沒有半點猶豫，細薄的嘴唇吐露出來的是猶如岩石一般堅定的意志。

游諾天再次確認，眼前的凱倫．維多利亞二世並非嬌柔的公主，而是貨真價實的勇敢女王。

《異國的公主們》——顧名思義，主角不再是女王，而是眾多的公主。

這個故事是《女王巡遊》的延續，當女王收復國家之後，國家日漸繁盛，不少外地人士慕名而來，其中有六個國家的公主，因為想要學習女王之道，所以來到女王的國家，向她請教學習。

六個公主各有不同的背景設定，而飾演公主的超級英雄們並非都是大家耳熟能詳的人氣英雄，她們大部分出道不足兩年，游諾天認得其中一位「可愛鎖鏈」，她正是之前被人襲擊、休養了一段日子的英雄新人。

「為什麼要這樣做？」游諾天問：「雖然《女王巡遊》的吸引力不如以前，但仍然有很多市民支持妳們，只要繼續表演，妳們就可以一直保持人氣。」

「然後等到大家不再支持我們，我們才急急忙忙另想補救方法嗎？」維多利亞搖了搖頭，「只有愚蠢的笨蛋才會滿足於現狀，不懂得居安思危。」

「但一口氣換上所有新人英雄，萬一市民不買帳，妳們會損失慘重。」

「在嘉年華會表演的時候，你有想過失敗這件事嗎？」維多利亞突然反問。

游諾天一愣，然後忍不住苦笑一聲。

他竟然會問這種問題，真是太傻了。

任何工作都會伴隨著失敗的危機，有些失敗會變成寶貴的經驗，有些失敗則會變成嚴重的打擊。要做好最壞的打算，好在計畫失敗之後立即補救。

然而，在這之前還有一件必須要做的事——拚盡全力讓計畫成功。

「在嘉年華會，你們都是名不見經傳的超級英雄，但你們全部拚盡全力去表演，最終得到觀眾的掌聲。看到那一幕後，我就一直在想，ＱＶＡ也是時候接受新的挑戰了。」

維多利亞望向游諾天手上的文件，輕輕一笑。

「她們雖然都很年輕，經驗尚淺，但都是由我和卡繆親自挑選、具備才能的女孩。這次公演之後，我相信她們都會成為家喻戶曉的超級英雄。」

——這到底是自信，抑或自負？

游諾天不知道，但看著維多利亞閃爍著堅毅光芒的雙眸，游諾天不禁覺得，她們的新計畫一定會成功。

不過他沒有忘記一件重要的事情。

「我明白妳們的想法了，但我不明白，為什麼找我們合作？」

游諾天輕輕敲著檔案夾。

「妳們會決心改革，不只是要吸引更多的觀眾，更希望藉此挑戰ＥＸＢ和ＣＪ。妳們一定是在盤算，如果這次的全新公演成功了，將會拉近妳們與一、二名之間的差距。」

「我們確有此意。」

「既然如此，有必要找我們合作嗎？在我看來，即使沒有我們ＨＴ，妳們依然可以順利表演。」

「一個月前，我和卡繆也是這樣想，不過後來發生了兩件事，改變了我們的想法。」維多利亞望向胡靜蘭，「第一件事，是星銀騎士的復出。」

星銀騎士曾經是ＮＣ人氣最高的超級英雄，也是ＨＴ的招牌象徵，可是在三年前他突然宣布引退，當時不只外界譁然，ＨＴ也因此大受打擊，排名不斷下滑，陷入相當艱難的局面。

而就在一個月前，星銀騎士復出了，並再次加入ＨＴ成為超級英雄。雖然ＨＴ不再是以往的龍頭大哥，但這次的復出消息，確實為ＨＴ打下一劑強心針，而且全ＮＣ的市民都熱烈歡迎他的回歸，因此這個月的人氣排行榜，星銀騎士榜上有名。

這名強勢回歸的超級英雄，真身正是胡靜蘭。

然而，此刻的胡靜蘭卻沒有回望維多利亞，她反而輕抿嘴唇，悄然垂下了頭。

游諾天察覺到胡靜蘭的不安，但他沒有多說什麼，只是平靜地說：「雖然大家對星銀騎士的回歸都感到興奮，不過她的影響力已經大不如前，和妳們相比，她只是一個位處中游的超級英雄。」

「我知道，但要是她和我們同臺表演，大家便會想起她曾經是NC的和平象徵，他們不只會高興，還會感到安心。」

乍聽之下，維多利亞只是說出一個顯而易見的事實。

游諾天卻聽得出她話中有話。

「現在的NC很和平。」游諾天壓低聲音說。

「只是表面上的和平。」維多利亞忽然臉色一沉，凝重地看著游諾天。

「我會找你們合作的第二個原因，是因為我猜得到明星遊樂園發生了什麼事。」

大廳馬上響起一聲輕微的驚呼。

「……妳是指『那場地震』嗎？」游諾天故作鎮定地說。

「不只是我，其他超級英雄，甚至是一般市民大眾都隱約感覺到了。」

維多利亞表情不變，但聽得出她放輕了聲音。

「那不是地震，而是人為的破壞。他們想不明白到底是誰、又是用什麼樣的方法造成這種大規模的破壞，但只要仔細回想這個月發生的重大事情，不難猜出破壞遊樂園的真正元凶。」

除了游諾天之外，ＨＴ眾人都不敢說一句話，而游諾天也不禁握起拳頭，努力讓自己保持冷靜。

「這不是她的錯。」

「我知道。她會做出這種事，背後肯定有重大的原因，而我大概也知道那到底是什麼東西。」

「所以妳想要鞏固市民心中的和平。」

游諾天說完，維多利亞立即滿意地點頭。

「正是如此。對於那道藏身於幕後的黑暗，我們現在也許束手無策，不過我們是超級英雄，是ＮＣ和平的象徵。只要我們屹立不倒，市民就不會害怕。」

「也就是說，妳既要提高人氣，也要守護ＮＣ的和平。」

「這正是我們一直以來在做的事情。」維多利亞凜然回答。

她這一句話，掃清大廳裡所有不安，三名女孩不在話下，連胡靜蘭也敬佩地看著她。

——她都說到這分上，根本沒有拒絕的理由。

游諾天也暗自在內心讚嘆，之後他闔上檔案夾，喝一口稍微變涼了的可可。

「我只有一個條件。」放下杯子，發出輕微的聲響。

「合理的話，我們會考慮。」

「既然是合作，我們不要只做妳們的陪襯。」

維多利亞馬上一笑，「放心，我們也不想要只是掛名的合作，所以會安排她們當其中一位公主。不過，我剛才也說過，其他當選為公主的女孩們，都是由我和卡繆親自挑選的實力者。」

游諾天立即明白維多利亞的意思。

「那麼，妳們要怎樣才會承認她們的資格？」

「很簡單。」

維多利亞拿起茶杯，見茶水已經差不多涼了，胡靜蘭馬上想要替她添加，但維多利亞微笑婉拒。

之後，她平靜地說出回答。

「去接受卡繆的特訓吧。」

◆◎◆◎◆◎◆

「光，我相信妳……」

爆靈猝然睜大雙眼，慌忙左右張望，當她察覺到自己仍然待在這個昏暗的房間，不知

是安心抑或無奈，輕輕地嘆一口氣。

房間並非伸手不見五指，只要仔細去看，還是可以看得見房間的結構和四周的擺設。

換句話說，只要爆靈願意，她隨時可以走出房間。

不過她沒有。

手腳沒有被束縛，眼睛也沒有被蒙住，她是一個自由的人，可以隨著自己的心意隨意活動。

是她選擇待在這裡的。

「嗚——」右邊的肋骨處突然疼痛起來，她馬上按著傷口，低叫了一聲。

這是一個月之前和英管局的特工戰鬥時，被對方的超能力打傷的傷口。她本來以為休養一個月傷口就會癒合，可是傷口竟然一直反覆裂開，她只好用繃帶包紮，然後一直忍住疼痛。

「可惡……」

她低聲咒罵一句，接著傷口又開始發痛，她只好往後躺下，用力深呼吸。

過了一會，大門往內打開，她立即坐起身體，同時擺出冷靜的臉孔，裝作若無其事地盯著大門。

「我們回來了。」

走進來的是一女三男。

帶頭女子長得矮小，不過她抬頭挺胸，走起路來充滿自信，嘴邊嬌媚的笑容也顯得神態自若，全身散發出和身形完全不符的強大氣息。

她正是ＬＣ的前執行製作人周卓珊。

「這是妳的。」周卓珊把手上的塑膠袋遞給爆靈，同時問道：「傷口還好嗎？」

「沒問題。」爆靈逞強地回答，但在接過塑膠袋的時候不慎觸動了傷口，她連忙咬緊牙關，不讓自己叫出來。

周卓珊看著爆靈變異的神色，嘴角輕輕往上勾起。

「這就好了，見妳臉色蒼白，還以為很痛呢。」

周卓珊忽然伸手戳向爆靈的肋骨，爆靈還來不及反應，對方的手指便碰上她的傷口，她當場痛得低叫出來。

「妳——嗚！」她用力撥開周卓珊的手，可是這樣一揮的動作又觸動傷口，這一次她痛得放開手上的塑膠袋。塑膠袋掉在地上，發出沉甸的落地聲。

周卓珊趁機把爆靈壓在床上，本來論力氣，爆靈絕對不會輸給周卓珊，可是傷口實在太痛了，她不敢隨便亂動，只能狠狠地瞪著對方。

「妳……放手……」

「好了，不要亂動。」

周卓珊俐落地脫掉爆靈的上衣，爆靈馬上羞憤地漲紅臉頰，不過周卓珊沒有做任何奇怪的事情，她只是解開已經被血沾濕的紗布和繃帶，然後換上新的。

「妳──」

「不用感謝我啊。」周卓珊率先把食指抵在爆靈的唇上，阻止她說下去，「我們是同伴喔，幫助同伴是應該的。不過，既然是同伴，我希望妳可以多相信我。」

爆靈隨即僵住。

同伴。

相信。

這兩個詞語，曾幾何時是她的精神支柱，但自從她選擇了這一邊後，便決心不再相信它們。

周卓珊卻突然說出這樣的一句話。

「妳的超能力很重要，如果失去了妳，我們的計畫肯定會失敗。」

周卓珊的手指拂過爆靈的嘴唇，之後順勢滑落，輕輕按著她的胸口。

全身滾燙得不得了，肋骨處的傷口也因此隱隱作痛，不過看著周卓珊的眼睛，爆靈卻一動也不動，任由對方輕壓著她。

「所以，妳要相信我。」

周卓珊把嘴巴湊到爆靈的耳邊，聲音如同呵氣一般騷癢著爆靈的耳朵，爆靈終於忍受不了，紅著臉推開對方。

「……他們是誰？」

爆靈一邊穿回上衣一邊問，周卓珊也跟著坐起來，看著門邊嫣然一笑。

「他們是妳的保鑣。」

周卓珊招了招手，其中兩名男子便朝她們走過來。

「我不需要保鑣。」

爆靈不悅地回答，同時傷口又再疼痛，但這一次她忍住了。

「我知道妳很強，但妳還記得英管局那個特工吧？妳當時差點就被他打倒，而且妳現在受了傷，實力肯定會打折扣。」

「……我是被他偷襲，所以才會受傷。」

「這就是英管局的作風。他們不會和妳談任何仁義道德，他們只會盡全力消滅所有礙事的人。」周卓珊輕輕握起爆靈的手，「他們肯定會再次派遣那些特工來阻止我們，這次我們不會讓他們得逞的。」

爆靈依然板著臉孔，但她不再反駁，只是沉重地嘆一口氣。

「他們有什麼超能力？」

「我來介紹。」周卓珊隨即一笑，然後指著左邊的男子，「這位是『骨狼』，他很容易生氣，而且很討厭別人碰他，如果有誰隨便碰他的話——」

「嗖——」

面色蒼白的骨狼霍地舉起手，同時五根指頭猛然爆開，猶如長矛一般的細長指骨自指尖伸出，直指周卓珊咽喉。

「就像這樣子。」

爆靈吃驚地睜大雙眼，周卓珊卻不當一回事，逕自轉頭望向另一位男子。

「至於這位是『華爾』，英文名是Wall，超能力是造出無形的牆壁。」

華爾沒有立即發動超能力，只是低下頭看著爆靈。

華爾體型本就高大，而爆靈因為坐在床上仰望他，他顯得更加魁梧，不過最吸引爆靈注意的並非他的身形。

那雙眼睛雖然和表情一樣冷漠，但爆靈看得出他正在看著自己，而非只是無神地對著前方。

「……妳沒有控制他們？」

爆靈一問，周卓珊立即勾起嘴角。

「當然沒有。他們都是同伴，我為什麼要控制他們？」

「但是他們的超能力……」爆靈猶豫了一會，最後接著說：「聽起來都好普通。」

「雖然我們大部分人的超能力都很怪誕，甚至可以說是異形，不過這並非加入我們的必要條件。」

周卓珊的嘴角勾得更高了，爆靈看著，忍不住別過視線。

「……那麼，他又是誰？」

爆靈望向站在門邊的最後一人。

跟骨狼和華爾相比，最後這名男子可謂眉清目秀，身上的襯衫也熨得乾淨整齊，不過他自進入房間後，便一直咬著拇指的指甲，嘴巴喃喃有詞，似乎坐立不安。

「他是我們的另一張王牌……不，應該說，他是這次『表演』的主角。」

周卓珊一臉自信，但她沒有再繼續說下去，似乎是故意賣關子，於是爆靈皺起眉頭問道：「他有什麼超能力？」

「是能夠打倒所有超級英雄的超能力。」

「……什麼？」

爆靈以為自己聽錯了，可是周卓珊卻仍然掛著燦爛的笑容，然後她望向爆靈，嘴邊的笑意變得更加濃厚。

第三章

讓我們來炒熱全城的氣氛吧！

世紀合演！

昨天晚上，全ＮＣ排名第三的ＡＡ級超級英雄事務所 Queen Victoria 突發公告，今年她們會取消持續了六年的大型公演《女王巡遊》，取而代之將會籌辦全新的歌舞劇《異國的公主們》！這次公演不只有新的劇本，就連演員方面也大膽起用新人，更加令人驚訝的是，當中竟然有「Hero Team」的四位超級英雄！

自從兩年前五雄並立後，ＡＡ級的事務所從來沒有和別人舉辦合演，而且ＨＴ在這幾年間的名氣已大不如前，即使近來他們走勢強勁，然而這次合演到底會是一加一大過二，還是會人多手腳亂呢？沒有人知道答案，但有一點毋庸置疑，ＮＣ全城對這次合演充滿期待，如果他們成功了，肯定會是震撼整個超級英雄界的巨型炸彈！

◆◎◆◎◆◎◆

「嗚哇哇！前前前輩！我不是在做夢吧！」

「如果妳要確認妳是否在做夢，捏妳自己的手臂，不要捏我的！」

關銀鈴從早上開始，不，應該是從昨晚開始便一直處於激動的狀態，她不顧許筱瑩已擺出難看的臉色，雙手仍然緊緊抓住對方手臂不放。

「ＱＶＡ竟然找我們合作！而且是她們全新的公演！是獨立的大舞臺！」

「妳給我冷靜一點！」

許筱瑩終於忍不住一掌劈向關銀鈴的頭，關銀鈴隨即低叫一聲，然後抱頭蹲了下來。

即使如此，她的臉上依然掛著興奮的笑容。

「可儀，我們真的不是在做夢吧？」

關銀鈴撲向蜷縮在兩人身邊的藍可儀，藍可儀當場怪叫一聲，才緊張地說：「應、應該不是……不過，這真的很難以置信……」

「對吧對吧！不只如此，待會我們還會見到卡繆小姐！是ＱＶＡ的卡繆小姐！我很喜歡維多利亞小姐，但卡繆小姐太帥氣了，每次見到她我都會忍不住歡呼！」

關銀鈴抱著藍可儀的肩膀又叫又喊，藍可儀沒有推開她，只是輕輕苦笑。

「小鈴，妳太激動啦……製、製作人說過，我們不可以失禮……嗚！」

忽然藍可儀低叫一聲，關銀鈴馬上停下來，緊張地看著她。

「對不起，妳……還在痛嗎？」

「不要在意，只是……」

藍可儀沒有說下去。

同一時間，她小心地望向身邊的許筱瑩。

許筱瑩仍然板著一張臉，但當她對上藍可儀的視線，她馬上抿緊嘴巴，悄然別過臉。

她們都沉默了。

平時在這種時候，關銀鈴一定會率先跳出來打圓場，可是她現在和其餘兩人一樣，既想開口說話，卻不知道該說什麼。

藍可儀會突然喊痛，並非關銀鈴太過激動，而是身體尚未完全康復；許筱瑩也是一樣，背部偶爾會傳來疼痛，而每一次疼痛，她都會忍不住想起一個月前發生的事情。

「……」

「……」

「那、那個……」

藍可儀突然開口了。關銀鈴和許筱瑩都吃了一驚，她們同時看向滿臉通紅，但奮力打破尷尬的同伴。

「卡繆小姐……她、她是一個怎樣的人嗚！」

藍可儀又低叫了一聲，但這一次她是因為咬到舌頭。看著她吐出舌頭喊痛的模樣，關銀鈴隨即握起拳頭，然後親暱地抱住她的肩膀。

「卡繆小姐是一個很帥氣，而且很漂亮的人！我心目中最憧憬的女性英雄，第一位就是她！」

「咦？不是靜蘭姐嗎？」

「現在的確是靜蘭姐！不過我以前不知道她就是星銀騎士嘛，所以一直以來我都最憧憬卡繆小姐！」

關銀鈴仰起頭，彷彿在仰望耀眼的明星。

「大膽狂徒，我不准你傷害我的女王！」

關銀鈴如同揮劍一般，往前揮出右手。

「我並非王國的騎士，因為我的主人只有妳，維多利亞女王。」

接著關銀鈴忽然握起藍可儀的右手，並且把它湊到自己的嘴邊。

「咦？這、這是……！」

「只要有妳在的地方，就是我的歸宿。」

關銀鈴把唇湊近藍可儀的右手，幾乎要吻上去了，藍可儀馬上害羞得臉頰漲紅，但她不敢亂動，只敢睜大雙眼，呼吸急促地看著關銀鈴。

「嗚哇！真的太帥氣了！」

關銀鈴猛地抬起頭，再一次用力抱緊藍可儀。藍可儀仍然一臉慌張，不知如何是好。

就在這時，房間的門打開了。

關銀鈴立即轉過頭，然後一個穿著緋紅色胸甲的女子昂首挺胸走進來。

「嗚哇哇哇哇哇哇哇哇哇哇！」

關銀鈴尖叫了！

「是卡繆小姐！真的是卡繆小姐！」

關銀鈴差點忍不住發動超能力，她一口氣跑到女子身前，興奮地往前伸出右手。

「卡卡卡繆小姐妳好！我是ＨＴ的功夫少女，我好喜歡妳的表演，一直以來我都是妳的粉絲！」

關銀鈴幾乎是大叫著說出來，聲音響徹整個房間，許筱瑩隨即緊皺眉頭，連藍可儀也忍不住稍微縮起肩膀，站在關銀鈴眼前的馬尾女子卻彷彿毫不在意，俊美的中性臉孔冷靜地看著前方。

和維多利亞相比，卡繆絕對稱不上美麗優雅，不過她腰桿筆挺，眼神堅定，配合身上閃著奪目光芒的護甲，令她有另一種不怒而威的威嚴。

「多謝妳的讚美和支持。」

卡繆開口了，她的聲音也是略帶磁性的中性聲音，同時她握起關銀鈴的右手。雖然是女孩子的手，但很有力氣，關銀鈴連忙用力回握。

「不過——」

關銀鈴陶醉地望著卡繆，冷不防卡繆舉起空出來的左手，一掌打在她的屁股之上！

「啪——！」

「嗚哇！」

「妳們是來接受特訓，不是來遊山玩水！」

卡繆的吆喝猶如獅子咆吼，關銀鈴當場嚇得挺直了腰，可是卡繆再一次毫不留情，朝她的屁股又是一掌！

「嗚哇！」

「回去列隊！雙手不要按著屁股，要放在兩側！」

「嗚哇！知、知道！」

關銀鈴趕忙跑回同伴身邊，許筱瑩和藍可儀都顯然吃了一驚，慌忙站直身體，藍可儀甚至想要舉手敬禮。

「我是卡繆，QVA的超級英雄，是維多利亞的騎士。」

卡繆緩步走向三人。她每一步的步距分毫不差，身體的擺動維持在最低限度，步姿可謂完美。

「受維多利亞所託，從這個星期開始，直至公演結束，一星期三天，我將會是妳們的教官。」

三名女孩緊張得不敢回答。

「啪——！」一巴掌又打在關銀鈴的臀上。

「嗚哇！」

「回答呢？」

「知、知道！」

「不要結結巴巴，挺起胸膛回答！」

「知道！」

關銀鈴以為卡繆又要來一記「擊股掌」，全身僵硬得不得了，不過聽到她最後的回答，卡繆終於滿意地點頭。

「答得好。妳們要記住，臺上一分鐘，臺下十年功。所有成功的表演，都是從用心練習開始的。」

「知道！」

關銀鈴這次趕緊回答，卡繆隨即再次點頭，然後走到藍可儀身邊。

她什麼都沒有說，只是緊緊盯著藍可儀。

「知……知道嗚！」

「聲音太輕了！」

「啪——！」藍可儀的屁股也遭殃了。

「妳是千面，對嗎？」

「是、是的……嗚！」又是一掌。

「我看過你們嘉年華會的表演錄影，劇本很出色，證明妳有寫劇本的才能，但妳不要忘了，妳是一名超級英雄！」

「啪——！」

「超級英雄是全城憧憬的對象，不可以畏畏縮縮！」

「啪——！」

「還有妳！」卡繆來到許筱瑩眼前，許筱瑩馬上屏息靜氣，緊張地看著對方。

「我看過妳們的表演，每次上臺妳都全力以赴，這一點值得稱讚。」

卡繆一開口就是讚賞，許筱瑩不禁稍微放鬆，可是她還來不及安心，卡繆已經舉起了右手。

「但夏日美食節的表演是怎麼一回事！」

「啪——！」

「嗚——！」

「全力以赴是好事，但絕對不能過猶不及！妳沒有察覺到妳當時已經到了極限嗎？而

且我們的超能力不是玩具，萬一失手就會傷及無辜！」

許筱瑩無法反駁，即使當時她是受超能力影響，但卡繆說的都是事實，所以她只能夠不甘心地點頭。

「要開口回答！」

「啪——！」

「……知道。」

「請不要責備前輩！她之後已經有在反省——咿！」

關銀鈴話未說完，卡繆轉頭一瞪，嚇得她連忙閉上嘴巴。

「懂得自我反省，也是超級英雄的必要條件。她是否有在反省，我在她之後的表演看得出來，這一點也值得稱讚。」

卡繆回到關銀鈴跟前。

「但是，她有在反省，妳呢？」

「我也有——嗚！」

「妳太鬆懈了！」

如果關銀鈴此時脫掉運動褲，肯定會見到一個通紅的猴子屁股。

「妳是超級英雄，身分和我們平起平坐！妳要有這分自覺和覺悟！」

「我有的嗚！」

「不，妳沒有！就算有，也遠遠不足夠！所以！」

「啪——！」

這記擊股掌再一次響徹房間，緊接著卡繆用堅定不移的聲音宣告：「我會把妳們訓練成真正的超級英雄！」

◆◎◆◎◆◎◆

「啪！」

「啪——！啪——！」

「啪啪啪！」

◆◎◆◎◆◎◆

「記住今天的訓練內容，我期待妳們之後有更好的表演。解散！」

第一天的特訓結束，三名女孩一邊按著屁股，一邊走到大街之上。

「嗚……卡繆小姐真的好帥氣，但也太嚴厲了……」

關銀鈴揉著屁股，但她不敢太過用力，因為她的屁股就像得罪了卡繆似的，不斷被對方用力擊打。在訓練已經結束的當下，屁股依然在發麻，有時聽到聲音的時候，甚至會反射性地往旁邊避開。

「不過她說得有道理，我們身為超級英雄，仍然有很多不足的地方。」許筱瑩當然免不了皮肉之苦，不過她努力裝出沒事的樣子。

關銀鈴見狀，也只能無奈點頭，「的確呢……卡繆小姐當上超級英雄已經有五年了，是很有經驗的老前輩，在她眼中，我們肯定是一群不懂事的小孩子。」

「不、不過……卡繆小姐仍然用心指導我們……」藍可儀慌忙插嘴。

關銀鈴再次點頭，「嗯！她應該很忙碌才對，但還是抽出時間來訓練我們，我們不應該抱怨！」

「嘿，明明只有妳在抱怨。」許筱瑩故意冷笑一聲。

關銀鈴馬上漲紅臉頰，慌張地說：「我不會再說的啦！不過，屁股真的好痛，幾乎要走不動了……還好製作人會來接我們呢。」

「我剛才通知了製作人，我會自己回去。」許筱瑩忽然說：「所以妳們在這裡等他，我先走了。」

「咦？前輩，等一等！」

許筱瑩沒有因此停下腳步，繼續獨自往前方走去。

關銀鈴馬上對藍可儀說：「替我告訴製作人，我也會自己回去的！」

「咦……等、等等！」

藍可儀還來不及反應，關銀鈴便搶先跑出去。

——好痛！屁股真的好痛，每走一步，屁股都像要碎掉了！

關銀鈴死命咬緊牙關忍耐，終於追上許筱瑩。

「前輩！」

「……幹嘛？」

許筱瑩皺起眉頭，不太高興地看著關銀鈴。

「我們一起回去吧！」

關銀鈴奮力笑著說，許筱瑩的臉色隨即變得更加難看。

「妳剛才不是說屁股好痛走不動嗎？」

「其實也沒有這麼痛——」

「啪——！」

「嗚！前輩妳在做什麼啦！」

關銀鈴掩著屁股跳起來，許筱瑩收回右手之後，逕自轉身往前走。

「前輩等等我啦！」

「妳這丫頭……妳是故意的吧？」

「故意？」

「為什麼不等製作人，反而追上來？妳家不在這個方向吧？」

「沒問題啦！只是稍微繞一下遠路嘛！」關銀鈴笑著回答。

不過許筱瑩似乎不太滿意，眉頭依然鎖成八字形。接著，她終於嘆一口氣，「……妳有話想說，對嗎？」

「這個嘛……」關銀鈴仍然想笑著應對，但一對上許筱瑩凝重的眼神，她隨即抿著嘴巴，然後悄悄地垂下眼簾。

「嗯……有些事情，我們應該要好好談一談。」

「例如呢？」

「吸菸是不好的，前輩。」

許筱瑩一怔，明顯沒想到關銀鈴竟然會這樣說。

「……妳察覺到了嗎？」

「不只是我，製作人、靜蘭姐，我想可儀也察覺到了。」

關銀鈴放輕聲音，眼神擔憂地看著許筱瑩。

「放心，我會戒掉的。」

許筱瑩淡然說道，同時她別過臉，避開關銀鈴的視線。

「前輩，妳果然……」

許筱瑩之前沒有吸菸的習慣，會突然吸菸，背後肯定有特別的原因——而那個唯一的原因……

關銀鈴不知道該否說下去，她稍微低下頭，用力深呼吸一下之後，才慢慢抬起頭看著許筱瑩。

「妳是在擔心……爆靈前輩？」關銀鈴仍然欲言又止，但她注意到許筱瑩霍地瞪大雙眼，驚訝地看著前方某處。

接著，許筱瑩突然拔腿就跑，一邊跑一邊大叫：「爆靈！」

關銀鈴連忙跟在她身後，然後關銀鈴也看到了——一頭橙紅色的頭髮就在她們前方。

「爆靈，等一等！」

現在雖然已經夜深，不過街上仍然有不少路人，許筱瑩焦急地推開眼前人群，拚命往前追上去。

「抱歉！請借過一下！」

關銀鈴一邊道歉一邊跟上許筱瑩。她們越來越接近那顆橙紅色的腦袋，而對方似乎毫無所覺，仍然悠閒地走在路中心。

「爆靈！」

許筱瑩一手抓住對方肩膀，對方當場嚇了一跳，急忙轉過頭看著她。

他是一個男人。

「呃，妳在叫我嗎？」

男子疑惑地看著許筱瑩，許筱瑩霎時間說不出話來，只能夠一邊喘氣，一邊盯著他。

然後她放開右手。

「……對不起，我認錯人了。」

許筱瑩緩緩轉身，關銀鈴正好追上了她，一看到她這個樣子，關銀鈴也說不出話來。

「……妳果然在擔心爆靈前輩嗎？」

等了一會之後，關銀鈴終於開口問道。

許筱瑩這一次沒有再避開她的目光，只是淡然勾起嘴角。

「要來我家嗎？」許筱瑩不答反問。

「咦？」關銀鈴不禁一愣，但她很快便搶著回答：「要！我要去！」

「我家就在那邊，但是現在這個時間……妳要過夜嗎？」

「可以嗎？」

關銀鈴雙眼忽然發亮，許筱瑩幾乎要回答「不，我隨便說的」，但她及時把這句話吞回去，然後刻意聳著肩膀。

「先說好，我家什麼東西都沒有，而且床只有一張。」

「沒問題啦，我不介意抱著前輩一起睡！」關銀鈴豎起拇指。

「不，我介意，所以妳要睡地板。」

「咦！我是可愛的後輩，前輩妳真的忍心這樣做嗎？」

「如果妳會打呼，我會把妳鎖進洗手間。」

「嗚！我才不會打呼啦！」

關銀鈴鼓起臉頰大聲叫道，許筱瑩回她一記冷笑，之後率先走在前頭帶路。

接著，她輕輕抿緊嘴唇。

◆◎◆◎◆◎◆

「該怎樣說，果然很有前輩的風格……呢？」

家徒四壁——這種說法是太誇張了，不過看到屋裡的環境和擺設，關銀鈴實在忍不住

這樣想。

屋子是一廳一廚的設計，沒有房間，但有獨立的洗手間。

廚房是開放式的，見到大廳沒有沾上一點油汙，便知道許筱瑩平時根本不會煮飯。大廳裡幾乎什麼東西都沒有，只有擺放在角落的一個小型木櫃以及一張折疊式沙發床；而在遠離洗手間的另一個角落，則放著一把吉他。

「前輩妳是一個人住——咦？這些東西好可愛！」

關銀鈴突然看到放在木櫃上面的幾個黏土人偶，它們都是「惡魔槍手」的迷你公仔，手工雖然不算精細，但製造者相當用心，每一個都擺著不同的姿勢，其中一個還拿著一把模型手槍，威武地盯著前方。

「這些是前輩妳自己做的嗎？」

「妳把我當成從哪裡來的自戀狂嗎？」許筱瑩沒好氣地白了關銀鈴一眼，「這些都是孤兒院的孩子送給我的。」

關銀鈴隨即眨了眨眼，「孤兒院？」

「是的，我一直都住在孤兒院，兩年前才搬出來。」

「咦？咦咦！這、這個……」

關銀鈴慌張地揮著雙手，看到她這個樣子，許筱瑩忍不住輕聲笑出來。

「我知道妳在想什麼。那不是難過的過去，院長是一個好人，她很照顧我，其他孩子們都很可愛，我過得很快樂。我也常會回去探望他們。」

「嗯……而且，孩子們好像都很喜歡前輩呢。」

「他們都是好孩子……幹嘛？」

許筱瑩本來溫柔地笑著，忽然她板起臉孔，不悅地盯著關銀鈴。

「唔……那個，前輩一直都是掛著一張臭臉，我還以為前輩在孤兒院肯定是一個孤獨的人嗚！」

「啪！」

許筱瑩二話不說一掌打在關銀鈴屁股之上，關銀鈴馬上痛得飆出眼淚。

「前輩，屁股是無辜的！」

「誰叫妳要亂說話。」

「嗚……難得我開始覺得前輩是一個溫柔的人……」

「對可愛的好孩子來說，我的確是一個溫柔的大姐姐。」

「我明明也是一個可愛的好孩子……」

「妳只是一個口沒遮攔的蠢丫頭。」

許筱瑩冷笑一聲，把一個衣架丟給關銀鈴，之後走向廚房。

「嗚……」

關銀鈴發出一聲幽怨的低鳴，然後慢慢脫下外套。

就在這時，她看到放在沙發床上的「那個東西」。

「嘖，我忘記泡麵都吃光了，我去買吃的回來，順便——」

許筱瑩回到大廳，忽然看到關銀鈴拿著某個長方形的東西，不禁僵在原地。

她認得那是什麼東西——她幾天前買回來的香菸。

香菸的盒子還沒有打開，所以她已經有好幾天沒有吸菸了，不過看著它，她便想起之前關銀鈴問過的問題。

同一時間，她也想起了一個月前發生的事情。

「……」

「前輩，妳……」

「先不要說。」許筱瑩搶先開口：「我去買吃的，之後……我們再談。」

「嗯……」

關銀鈴點了點頭，許筱瑩馬上抓起外套快步離開。

許筱瑩沒有逃走，一會之後，她帶著一個裝著幾碗泡麵的塑膠袋回來。

「前輩……」

「先吃麵吧。」

許筱瑩連手也不舉，就這樣拿著塑膠袋走進廚房，之後她拿著兩碗已經倒滿熱水的泡麵回到大廳。

在等待的三分鐘裡，兩人都沒有說話。

「……」

「……」

兩人默默吃著麵，闞銀鈴本來應該會大口大口地吃，她現在卻是小心地捧著泡麵，慢慢地吃著。

許筱瑩更是彷彿沒有動筷子一般，竟然沒有發出半點聲音。

她們都吃完了麵，剩下來的湯汁她們都沒有喝掉，許筱瑩很自然地走進廚房，然後端著兩杯水走回來。

「……抱歉，我還是不想說。」許筱瑩忽然開口了。

似乎是早就猜到她會這樣說，闞銀鈴也沒有吃驚，只是輕輕垂下眼簾。

「我會戒菸，真的。」許筱瑩一邊說，一邊抓起香菸盒，「我知道這是壞習慣，而且就算把菸吸進去，我也沒有覺得放鬆，反而更加焦躁了。」

許筱瑩無力地抓了抓頭髮，之後一手丟開盒子。

她緊抿著嘴唇，極力不讓自己嘆息。

「前輩，妳真的……不想說嗎？」

「我不知道該怎樣說。」

吸入一口氣後，許筱瑩還是忍不住嘆息。她緊握拳頭，又猛地放開。

「我……不敢相信。」許筱瑩顫抖了。

僅僅是這樣一句話，她便要花盡全身的氣力才能夠說出來，之後她閉起雙眼，身體依舊在打顫。

關銀鈴立即走到許筱瑩身邊，用力握住她的手。

「前輩，我在這裡。」

「嗯……」

許筱瑩仍然緊閉雙眼，不過身體總算止住哆嗦，她睜開眼睛，勉強自己勾起嘴角。

「抱歉，我讓妳們擔心了吧？」

「請不要這樣說。發生了這樣的事情，前輩不可能無動於衷的。」

「……妳們也是嗎？」

許筱瑩突然反問，關銀鈴不禁倒抽一口氣，雙手也隨即更加用力地抓握起來。

「對不起，我明明知道，卻一直裝作沒有看見。」許筱瑩反過來握住關銀鈴的手，柔聲地說：「當時不只是我，連妳們都被爆靈襲擊了……妳們也很害怕吧？」

「我還好，但可儀她——」

「在這種時候，妳不用逞強。」

許筱瑩放開雙手，然後抱著關銀鈴的肩膀。

「前輩，我……」

「妳的超能力很強大，但妳和我們一樣，都是十幾歲的女孩子。發生這件事之後，製作人也說過吧，他和靜蘭姐會盡全力保護我們。所以，我們沒必要逞強。」

——既然是這樣，前輩妳為什麼要獨自忍受呢？

關銀鈴說不出這句話，她只是抱緊雙臂，把身體靠上許筱瑩。

「我也會保護妳們的。」

許筱瑩再一次閉起雙眼。

兩人都放輕了呼吸，所以她什麼都看不見，什麼都聽不見。

這陣寧靜令人安心，許筱瑩很想就這樣丟開一切煩惱，沉入這片黑暗之中。

如果真能這樣做，一定會很輕鬆。

可惜，這是不可能的。

即使能夠暫時逃避現實，到了明天早上，她還是會睜開雙眼，然後再一次看著身邊熟悉的世界——

◆◎◆◎◆◎◆

今天是三名女孩第三次到ＱＶＡ接受特訓的日子，所以在ＨＴ的事務所裡，只剩下胡靜蘭和游諾天。

「已經過了一個星期呢。」

聽見胡靜蘭這句話，游諾天隨即停下手邊打字的動作，抬起頭望著她。

「妳擔心她們嗎？」

「卡繆是一個很嚴厲的人，不過她也有溫柔的一面，所以我不是很擔心。」

「真的？」

「當然，如果卡繆稍微手下留情就更好了。」

胡靜蘭輕聲苦笑，游諾天也跟著揚起嘴角，正當他打算繼續準備宣傳方案的時候，大門的鈴聲適時響起。

游諾天望著大門，疑惑地說：「今天有預約的客人嗎？」

「應該沒有？」

胡靜蘭歪著頭回答，游諾天更加疑惑了，於是他走去打開大門。

「午安。」

在門外的是一位樸素的男子，臉長得很平凡，身上穿著的羊毛外衣也略顯老舊，不過游諾天看到他，當場怔在原地。

「你怎麼來了？」

回過神之後，游諾天終於皺起眉頭，對方沒有退縮，只是掛上親切的笑容。

「難得放假，所以就來探望你了。」

游諾天眉頭皺得更緊了。

「你真敢說……ＥＸＢ的執行製作人有放假的時間嗎？」

「我之前也說過了，嚴格來說，我不是執行製作人。」

任誰都不曾想過，ＥＸＢ的超級英雄「梅林」脫下浮誇的嘉年華會面具之後，竟然會是一個平凡樸素的男人。

游諾天也從沒想過，他竟然會用本來的樣子登門探訪。

「這個聲音……」胡靜蘭吃驚地推著輪椅出來，「是梅林嗎？」

「胡小姐，妳好。」

梅林笑著點了點頭，然後自然地走進大廳。

「你好。」雖然驚訝，胡靜蘭倒是很快反應過來。

「請稍等一下，我馬上準備茶水——」

「今天我不請自來，請讓我來準備吧。」

梅林率先阻止胡靜蘭，之後他左手一揚，一個托盤便在手上出現，上面放著三杯還冒熱煙的咖啡。

「請用。」

「多謝，但是……」胡靜蘭接過其中一杯咖啡，然後擔憂地看著游諾天：「諾天他不喝咖啡。」

「以前他倒是不喝可可呢。」

梅林笑著回答，胡靜蘭馬上一慌，就在她不知如何應對之際，游諾天拿起另一杯咖啡，然後露骨地嘆一口氣。

「你是專程來送咖啡的嗎？」

游諾天喝了一口咖啡，胡靜蘭看著他，不禁緊張地握起拳頭，但游諾天表現得毫不在意，甚至連眉頭也沒有皺一下。

「也是順道來祝賀你們。」

「我不明白你在說什麼。」

「你們和QVA合作的事情，我已經聽說了。」梅林在沙發上坐直起來，說出理所當然的一句話。

QVA和HT的合作並非秘密，在決定合作的當晚，QVA便發出公告，HT也在翌日的早上發表同樣的公告，所以這星期以來，有很多報章雜誌找上門，希望從中打聽更多內情。

所以，身為同行業的競爭對手，EXB當然也會知道這個消息。

「只是和QVA合作，不是值得專程來祝賀的大事吧？」

「你是小看你自己，還是小看QVA的影響力呢？」梅林笑了笑，「QVA放棄《女王巡遊》，大膽起用新的劇本和超級英雄，很多人認為此舉過於魯莽，但我相信QVA一定會憑著這個決定更上一層樓，所以，屆時和她們合演的你們也一定獲益匪淺。」

「……但你依然老神在在。」

游諾天試著挑釁地說。梅林果然不為所動，更不知從哪裡變出一盒甜甜圈。

「你們有你們的計畫，我們也有我們的打算。」

梅林抓起一個甜甜圈，咬了一小口。

「EXB一年的計畫，早在一年甚至是兩年之前就決定了，當然細節部分我們會根據

當時的狀況加以調整，除非遇上無法避免的突發意外，整體的計畫絕不改變。」

「仍然是一貫的完美作風。」

「這並非完美，我們只是喜歡跟著計畫行事而已。不過，我們絕非一成不變的愚者，對於環境的改變，我們都是很敏感的。」

梅林悠閒地吃完甜甜圈，表現得相當平靜，但看著他嘴邊若有似無的微笑，游諾天立即猜到他話裡背後的意思。

「……你知道了嗎？」

「和ＨＴ的合演，固然是對我們和ＣＪ發起的挑戰，不過維多利亞是一個眼光更為遠大的女性，她很清楚明白超級英雄對於ＮＣ的真正意義。」

梅林輕輕喝了一口咖啡。

「既然如此，你們還是按兵不動嗎？」

「正如我所說，我們都喜歡跟著計畫行事，而且當面應戰的人，一個就足夠了。」

「一個？」

「打開電視機吧，他們的發表會馬上就要開始了。」

梅林沒有指名道姓，可是要在這一刻特地提到的對象，游諾天只想到一個，所以他沒有多說，打開了電視機。

果然，一打開電視機，螢幕便被人山人海塞滿，不只人聲不斷，閃光燈更是不停地閃爍，彷彿要照亮會場每一個角落。

在人群的前方坐著一男一女。

女子有著一頭鮮明的粉紅色及肩頭髮，笑起來的時候就像一隻貓咪，而她的雙手戴著一對巨型的鐵甲手套，以她纖瘦的身體來說，這對鐵臂格外顯眼。

不過在場的閃光燈都不是瞄準她，而是瞄準她身邊的男子。

單從外貌來看，其實很難看出這名男子的性別，因為他和星銀騎士一樣全身上下都穿著閃耀著金屬光芒的盔甲。

然而，他的盔甲明顯和星銀騎士不同，星銀騎士就像是中世紀的騎士，盔甲實而不華；這名男子的盔甲則是經過精心設計，黑中帶銀的金屬表面、注重速度的流線型外觀，以及在表面各處閃動的湛藍光芒，每一個細節都明確告訴別人，這是一件精密的高科技裝甲。

在男子的身後，一把高兩公尺、寬半公尺的巨型長劍傲然矗立。

巨劍和男子身上的盔甲一樣，同樣漆黑的表面閃爍著藍色光芒，光芒在劍面上流動，刻劃出宛如魔法文字的獨特紋路。

這名男子，正是ＮＣ排名第二的事務所Cyber Justice的王牌「天劍」。

人群越來越喧鬧，閃光燈越來越凶暴，眾人開始鼓噪不安。就在這時，坐在天劍身邊的女子終於站了起來。

她什麼都沒有說，只是舉起雙臂，全場馬上安靜，閃光燈也安分了下來。

「讓大家久等了。首先，先讓小女子向大家道謝，在這個會場之中，小女子感受到大家的熱情，這份熱情正是一直支持我們往前走的最大動力，小女子由衷感激。」

小女子——索妮亞笑著說道，全場立即鼓掌。掌聲此起彼落，過了好一會，待掌聲逐漸退散，索妮亞再接著說下去。

「各位應該都在好奇，為什麼我們會突然召開一個發表會呢？很抱歉，這次並非要介紹小女子的新發明，也不是要介紹新加入的超級英雄。不過，全新的戰鬥裝甲已經準備就緒，歡迎有志當超級英雄的人來當測試員。男女不拘，身高一百六十至六十五公分，體重不超過五十五公斤，擁有良好的心算能力，另外最好懂得英語，因為是測試版本，小女子還未安裝中文語音——」

「索妮亞小姐，請冷靜一點。」

索妮亞滔滔不絕越說越興奮，天劍適時站起來，阻止她說下去。

閃光燈馬上再次閃爍。

「我們之後會正式招募裝甲的測試員，請各位留意我們的公告。」

和一身精良的裝甲相比，天劍的聲音意外地柔和，他請索妮亞坐下之後，接過話題繼續往下說。

「至於我們這次發表會的主要目的，其實是想要告訴大家，我們籌備了兩年的《科幻秘境》在今年終於要跟大家見面了。」

天劍的聲音依然柔和，但說完這句話之後，全場隨即歡呼！

《科幻秘境》是ＣＪ在兩年前對外宣布的大型計畫，是一齣集合了無數科幻元素的舞臺劇，由於舞臺背景和故事劇本需要動用大量的高科技設備，所以ＣＪ一直都在籌備著。半年前，ＣＪ公告還需要再多兩年的時間，但現在天劍竟然說今年就可以跟大家見面，比預定時間足足快了一倍！

「為什麼會突然提早一年？是要對抗ＱＶＡ的新劇目嗎？」

臺下馬上爆出這樣的問題，天劍沒有慌張，只是舉起雙手，示意大家冷靜。

「ＱＶＡ的新劇目，我們也有所耳聞。我們是否要對抗她們而提早公演《科幻秘境》……坦白說，正是這樣。」

全場又再爆出歡呼聲。他們從沒想過天劍竟然會直接承認！

「久違的事務所大戰，終於要再一次開始了嗎？」

「不，請別這樣說。沒錯，我們的確是要對抗她們才提早公演，不過這並非大戰。」

天劍停了一會，然後笑了一笑。

「維多利亞小姐毅然採用全新的劇目，而且還找來ＨＴ合作，我相信她們不只是要向我們作出挑戰，也是要讓全城市民感受到她們的熱血和激情。既然這樣，我們必須抱著同樣的覺悟和更多的敬意，以我們最好的表演回禮。」

天劍張開雙手，深呼吸之後，用開朗的聲音說：「讓我們來炒熱全城的氣氛吧！」

歡呼聲不只響徹全場，連在場外的游諾天也感受到了。他和胡靜蘭都定睛望著電視機螢幕。

「我很期待你們雙方的表演。」梅林微微一笑。

「……我必須再說一次，你還真的是老神在在。」

游諾天回過頭，乍看之下一臉的凝重，不過梅林看到他正握著拳頭，似乎在極力忍住顫抖。

不是害怕，而是興奮。

「因為這是值得高興的事情。」梅林站了起來，「你們一定會追上我們，到時候，ＮＣ會變得比現在更加有趣。」

「放心，一定會。」

游諾天轉回頭看著電視機。臺下民眾仍然在興奮地鼓掌著，天劍也舉手回應，場面非常熱鬧。

——總有一天，ＨＴ會再次得到民眾如此熱烈的歡呼。

——一定會。

游諾天在心中暗自立誓，之後他想送梅林出門，所以轉身不再看著電視機。

就在這個時候，一抹紅色光芒猝然映入他的眼角。

那是不仔細去看，根本不可能察覺到的微弱光芒，可是游諾天霍地停下來，然後驚訝地瞪大雙眼。

光芒來自天劍的右手。

天劍的裝甲本來就會發光，再加上現場閃光燈不斷，所以在場沒有人察覺到不妥，可是游諾天卻不禁僵在原地。

這種光芒，他曾經見過——

「不好！」

游諾天駭然大叫，天劍當然聽不到，依然親切地向民眾揮手。

下一刻，他的右手轟然爆炸！

第四章

超級英雄絕不逃避

在爆炸的前一刻，天劍察覺到事情不妥。

臺下民眾歡呼雀躍，高漲的情緒充斥整個大廳。在這種時候，即使身邊的索妮亞開口說話，天劍恐怕也未必聽得到。

然而，有一個聲音他一定聽得到。

『危險。』

雖然語氣冰冷，卻是他穿上戰鬥裝甲時最信賴的聲音適時響起了。

『右手裝甲反應異常。』

聲音的主人是戰鬥裝甲的中樞系統，它不只會輔助天劍控制裝甲，更會時刻監察天劍和裝甲的狀況，假如發現不妥會立即通知天劍。

『探測到異常的熱能反應。建議，馬上緊急脫離。』

異常的熱能反應——天劍其實沒有任何不適的感覺，但他沒有半點猶豫，二話不說高舉右手。

然後，右手爆炸了。

「嗚哇！」

事情發生得太突然了，除了本能使然的驚呼之外，在場所有人都無法作出任何反應。

本來人聲鼎沸的大廳，剎那之間變得鴉雀無聲。

「天劍！」

剛才索妮亞險些被捲入爆炸之中，心中猶有餘悸，但她沒有多想，不顧眼前的濃煙，趕忙跑到天劍身邊。

「……請放心，我沒有大礙。」

天劍的聲音從濃煙中傳出來，聽到他的聲音，在場所有人明顯鬆一口氣。

然而，當煙霧散去之時，大家看清楚天劍的樣子後都驚慌地屏住呼吸，難以置信地瞪大雙眼。

天劍受傷了！並非沒有大礙的輕傷，而是整條右手臂都在流血！

「剛才的演說很不錯呢。」

眾人還來不及反應，一個甜膩的女性聲音猝然從天而降，眾人立即驚慌地抬起頭，但映入眼簾的只有白色的天花板。

「為了讓全城市民感受到自身的熱血和激情，所以抱著同樣的覺悟和更多的敬意，做出最好的表演……我十二分贊成，正好我們也抱著相同的想法。」

沒有人知道聲音的主人是誰，也不知道她在說什麼——除了一個人。

「……是她。」

索妮亞睜大雙眼，然後盯著設置在頭頂的擴音器。對方似乎是察覺到她的視線，適時地輕笑出聲。

「我們也想幫忙炒熱全城的氣氛，所以，我們挑選了天劍作為我們的開幕嘉賓。很可惜，本來我們是想炸飛他整條手臂呢。」

女子又再笑了一聲。

「對了，說了這麼久，大家應該很疑惑我到底是什麼人吧？我個人的名稱並不重要，我希望大家記住的是『我們』的名字。」

突然全場人的手機都響了。並非來電鈴聲，而是收到簡訊的通知鈴聲。

起初沒有一個人敢看電話，直至好奇心戰勝恐懼，他們才慢慢打開簡訊。

三個大字霸道地侵占了整個手機螢幕。

ＳＶＴ。

「我們是ＳＶＴ，Super Villain Team，目標是打倒所有超級英雄。請多多指教。」

◆◎◆◎◆◎◆

「ＳＶＴ到底是什麼東西？英管局知道嗎？」

「我們在網路上搜尋過ＳＶＴ，原來早在三年前他們已經在各大論壇出沒了！當時他們就聲稱要打倒所有超級英雄，不過據消息人士透露，英管局從來沒有認真看待事件，這是真的嗎？」

「英管局事先有收到襲擊通知嗎？有人聲稱早在襲擊之前就寄信給英管局，但現場我們看不到任何英管局派來的守衛，敢問這次意外，是否英管局準備失當所致？」

「這次ＳＶＴ公開聲明要打倒所有超級英雄，你們會有什麼對策嗎？抑或會像之前那樣視而不見？」

「據傳之前明星遊樂園的地震也是ＳＶＴ造成的，這是真的嗎？」

「還有——」

排山倒海的問題就像手榴彈一般不停丟過來，每個記者更是死命盯著前方，他們的眼神彷彿在說，假如不能給他們滿意的答案，他們絕對會追趕她到天涯海角至死方休。

現場是超級英雄管理局召開的記者會，代表出席的是該局的外交部部長卡迪雅。卡迪雅依然是一身白色的女式西裝，金色短髮在這個混亂的場面當中顯得格外整齊，豔紅的嘴唇也是一樣，雖然不像平日那般掛著微笑，但也沒有露出絲毫驚慌失措。

卡迪雅身邊的副手卻已緊張得臉色發青，他不斷偷看身邊的上司，而卡迪雅始終毫不在意，仍然安坐在椅子上，旁若無人般喝著即溶咖啡。

「卡迪雅外交部長！請妳回答我們的問題！」

一名記者霍地站起來，筆尖直指卡迪雅，臺下所有人立即跟著起鬨。面對這種場面，卡迪雅終於放下杯子，然後望著提問的記者。

「趕走他。」

「咦？等、等一等！妳沒有這樣的權力！」

卡迪雅說得太過輕描淡寫，所以被指名的記者最初沒有任何反應，直至有兩名黑衣男人架起他的手臂，他才驚慌地大叫出來。

「我沒有這樣的權力？不對，我有。」

卡迪雅揮一揮手，黑衣男人便架著記者走出大廳。聽著同行的大聲抗議，沒有一個人敢站起來直斥卡迪雅的不是。

他們只敢屏息靜氣，等待卡迪雅下一句話。

「各位的提問我都聽見了。首先，我必須說一件事，我們英管局，的確在三年前就聽過ＳＶＴ的名字。」

臺下立即一陣騷動，不過他們仍然不敢問口追問，只是緊張地盯著卡迪雅。

「我們沒有認真看待ＳＶＴ的存在，這件事也是真的。我知道你們在想什麼，你們一定在想，我們為什麼沒有認真看待。在此，我要反問在座各位一件事，你們當中，有誰在今天中午之前聽過ＳＶＴ這個名字嗎？」

沒有人回答。

他們並非不敢回答，而是面面相覷，僅憑無聲的眼神交流確認彼此的答案。

之後，仍然沒有人回答。

「看來答案已經呼之欲出。我認得在座幾位人士，你們都是在新聞界打滾多年、經驗豐富的老江湖，我想請問你們，如果你們收到一些匿名信，內容是一些非常勁爆的內幕，不過你們沒有辦法查證，你們會把它報導出來嗎？」

「……不會，但我們會先去調查。」其中一人代表回答。

「正是這樣。我們最初也有調查過他們，至於那些所謂的犯罪聲明，我們也有派人暗中監視，但全部落空了。久而久之，我們當然不會認真處理這些無聊的惡作劇。」

「不過這次不是惡作劇，ＣＪ的天劍真的被人襲擊了！」

又有另一人大聲叫道，這次卡迪雅沒有下逐客令，只是瞇起眼睛盯著他。

「關於這次事件，我首先向天劍致上最真誠的祝福。他是我們的超級英雄，為了ＮＣ的和平，他一直盡心盡力工作。不過，我必須澄清一件事，在事件發生之前，我們沒有收到任何犯罪預告。」

「如果……我是說如果，假如英管局事前收到ＳＶＴ的犯罪預告，你們會安排人手到

現場視察嗎？」

「不會。」

卡迪雅說得斬釘截鐵，臺下又再傳來一陣騷動，但卡迪雅仍然不為所動。

「我剛才已經說過了，以往ＳＶＴ的犯罪預告都是無聊的惡作劇，我們英管局不可能因此做任何部署。這次事件同理，如果我們事前收到犯罪預告，我只會私底下通知ＣＪ，讓他們自行判斷應否加強保全。」

「那麼……英管局會怎樣處理這次事件？自稱ＳＶＴ的一群人，已經公開向超級英雄宣戰……」

「今天中午自稱是ＳＶＴ的人，和這三年內在網路上用ＳＶＴ名義的那班人，他們是否屬於同一個團體，這件事我們無從得知，但我現在以超級英雄管理局的名義，向ＮＣ全城市民公告一件事。」

記者們當場手心冒汗，連忙抓緊手中的錄音筆。

「過去三年，即使ＳＶＴ散發出明顯的挑釁氣息，我們超級英雄管理局對一切以ＳＶＴ為名的所作所為，均採取寬大包容的態度。任何人均保有言論自由，而且要在網路上發洩情緒上的不滿，我們也能充分理解，所以不管言論是何等偏激，我們從未就此對任何人予以制裁。」

卡迪雅刻意停下來，全場氣氛隨即變得更加凝重。

「然而，現在有人以ＳＶＴ之名，公然襲擊超級英雄。這不只是對超級英雄的宣戰，更是對我們超級英雄管理局，甚至是對 Neo-City 全城宣戰。此等舉動，我們超級英雄管理局絕對不會坐視不理。」

「從現在這一刻開始，任何人、任何組織若以ＳＶＴ之名做出任何言行，超級英雄管理局將視之為敵對行為；任何人、任何組織若對ＳＶＴ提供任何形式的協助、對任何關於ＳＶＴ的事情知情不報，又或做出和ＳＶＴ相類似的言行，超級英雄管理局亦將視之為敵對行為。」

卡迪雅用力吸一口氣。

「ＳＶＴ是我們的敵人。面對敵人，我們絕對不會手軟。」

卡迪雅用今天最平靜的語氣說出這一句話，所有人卻不禁感到一陣惡寒。

敵人。

直接，而且沒有任何猶豫。

事務所之間是競爭關係，而非敵對關係。為了爭取更高的排名，事務所會用盡辦法打倒對方，但不會置對方於死地。

敵人則不同。

上一次在公開場合聽到「敵人」二字是什麼時候的事情？記者們都清楚記得，但他們都不願意回想起來——

「為此，我們和各大事務所聯手了。」

卡迪雅忽然這樣說道，記者們當場一愣，他們還未發問，在卡迪雅身後的兩道大門慢慢打開了。

然後，所有人都忍不住輕呼一聲。

「各位都應該很熟悉他們。」

卡迪雅終於掛起往日一貫的嬌豔笑容，之後她站起來，面對剛剛從大門走進廳內的五個人。

「ＥＸＢ的蘭斯洛特。」

ＥＸＢ的第三把交椅，掛在胸甲前的白色玫瑰是他的象徵物，聽到卡迪雅的點名，他隨即輕輕撥起金色的瀏海，對臺下眾人露出俊美的笑容。

「大家好。」

「ＣＪ的千眼。」

半年前加入ＣＪ的新人，一身紅色的裝甲非常醒目，但仍然不及在她身邊懸空飄浮的六個小型炮臺。她沒有開口應答，只是控制六個小型炮臺在半空飛舞。

「QVA的維多利亞。」

一身白色的禮服，QVA的當家維多利亞傲然站立，堅定地看著前方。

「3R的暴君恐龍。」

以肌肉見稱的暴君恐龍忍住咆哮的衝動，用力吸一口氣，然後猛地吐出。

「還有HT的星銀騎士。」

胡靜蘭也在臺上。她現在不是坐著輪椅，而是以威風凜凜的星銀騎士姿態站在臺上。看著五名人氣旺盛的超級英雄同場現身，記者們當然不會錯過這大好機會，他們連忙抓起相機，不停按下快門。

卡迪雅沒有阻止眾人拍照，她甚至指示一眾超級英雄配合記者的要求，讓他們拍下最好的相片。

接著，待記者們滿足之後，卡迪雅終於說出今天最令人驚喜的話。

「這五位超級英雄將會暫時放下事務所之間的競爭意識，攜手合作組成『The Guardian』，全力對抗SVT。」

大廳馬上響起掌聲。雖然大家心中仍有不安，但看著臺上五人，興奮的心情完全蓋過恐懼，他們都相信在眼前五人聯手之下，不管SVT是何許人物，他們一定會得到勝利。

因為，他們不只是勇氣與正義的象徵。

他們更加是超級英雄。

◆◎◆◎◆◎◆

記者會在掌聲和歡呼之下結束，待記者全部離開後，卡迪雅隨即用力吐出一口悶氣，之後對身邊的五位超級英雄說：「你們可以回去了。」

「卡迪雅小姐，這樣就可以了嗎？」

蘭斯洛特一邊收起胸前的白色玫瑰一邊問道。

「這就夠了。明天早上，各大報章都會報導The Guardian組成的消息，到時候肯定會有更多人去找你們。記住，如果有任何人問起The Guardian的事情，你們就用保密協議敷衍過去。」

卡迪雅又吐一口氣，接著她抓起咖啡杯，帶著副手準備離去。

「卡迪雅，請等一等。」

胡靜蘭及時叫住卡迪雅，卡迪雅皺起眉頭，然後把咖啡杯交給副手，叫他先行離開。

「怎麼了？」

「我知道英管局有特別行動組，專門負責處理這種事情，但這次ＳＶＴ公開宣戰，似乎是有備而來。」

「所以呢？」

「所以，我們應該可以幫上忙。」

「你們已經幫上忙了。妳沒看到他們剛才的反應嗎？在我承認ＳＶＴ的存在之後，他們都是一臉擔驚受怕，不過一見到你們，他們都重燃希望。他們相信你們一定可以打倒ＳＶＴ，這樣就足夠了。」

「我知道妳召集我們的用意，不過我們可以做到更多。」

「不，沒有更多。」卡迪雅斷然地說：「就如我之前所說，你們的工作就是以『The Guardian』成員的身分，讓市民認為你們在對抗ＳＶＴ，不過你們什麼都不用做，我們會派出特別行動組去對付他們。」

「但是——」

「另外，襲擊天劍的是你們的前超級英雄吧？」

卡迪雅冷不防這樣說，胡靜蘭一怔，然後悄然別開視線。

「……我不敢肯定，但有這個可能。」

「所以妳只是心中有愧，所以才想要插手我們的行動。」

「不是的！我只是——」

突然一個小型炮臺擋在胡靜蘭臉前，接著千眼尖細的聲音響起了，「我們都知道這件事了。不過，我有一個問題。」

千眼長得相當矮小，就像一個迷你機器人，聲音聽起來也很稚嫩，不過她的語氣卻沒有一絲孩子氣，反而有一種沉穩的感覺。

「如果我們遇到那些ＳＶＴ的人，可以出手嗎？」

「我再重申一次，『The Guardian』只是一個掛名的組織，你們不需要、也不應該做任何插手ＳＶＴ的事情。如果你們貿然干涉，導致城市或市民受到不必要的傷害，我們會動用超級英雄法案來起訴你們，但是……」

卡迪雅抱起雙臂。

「如果是對方主動襲擊，你們可以出手還擊，不過必須儘快通知我們。」

「明白了。」

千眼收回飄浮在身邊的小型炮臺，輕輕一鞠躬後便率先轉身離去。蘭斯洛特低頭沉思一會，之後也向其他人告辭。

「還有其他問題嗎？」

卡迪雅問剩下來的三人。

「我沒有。」維多利亞輕輕搖頭，「我還要回去和卡繆討論新劇目的事，先告辭了。

星銀騎士，妳也早一點回去吧。」

「嗯……」

胡靜蘭似乎仍未釋懷，不過她只是稍微低下頭，卡迪雅見狀沒有多說，目送維多利亞離開之後，卡迪雅也跟著離開大廳。

「星銀騎士……小姐？」

一個聲音忽然傳到耳邊，胡靜蘭立即回過神，然後吃驚地看著對方。

說話的人，正是目前唯一和胡靜蘭一起待在大廳的暴君恐龍。

暴君恐龍一直以粗獷的形象示人，胡靜蘭也記得他在超級英雄大亂鬥的時候，總是無所畏懼地勇往直前。胡靜蘭不禁會想，如果關銀鈴是男孩子，也許會和他一模一樣。

然而，此刻在眼前的暴君恐龍卻似乎有點不安。他雖然極力裝作冷靜，但是臉上的表情緊繃，眼神也游移不定。

「請問有什麼事嗎？」

於是胡靜蘭放輕聲音，柔聲問道。

「她們還好嗎？」

「她們？你是指……我們家的女孩？」

「嗯。」暴君恐龍點點頭，「那時她們都被打傷了，我聽說她們都要住院一星期。」

「多謝你的關心，她們之前已經出院了，身體都沒有大礙。說起來，冰雪女王和布偶瑪莉，還有卓先生都受傷了，請問他們痊癒了嗎？」

「冰雪女王還好，但瑪莉她似乎一直提心吊膽，比之前更加神經質，一直黏著冰雪女王。至於製作人，請放心，他很頑強的。」

胡靜蘭笑了一笑，「這就好了。請代我向他們問好。」

「多謝妳。那麼……我先走了。」

暴君恐龍明顯還有話想說，不過看著他低頭離開的樣子，胡靜蘭沒有叫住他。

——他也在不安嗎？

剛才站在人前的時候，他們五人都沒有露出絲毫不安——不對，不只是剛才，只要他們在人前穿上「超級英雄」這件外衣，他們非但不可以害怕，更要展現出勇敢的模樣，讓人相信他們無堅不摧。

然而，他們既是超級英雄，也是普通的人。

凡是普通人，面對未知的事物都會心生不安，而且諷刺的是，擁有的力量越是強大，面對未知便越是不安。

「她們還好嗎？」

也許暴君恐龍問的不是關銀鈴她們的身體狀況，而是問她們是否感到驚恐不安？如果是這樣的話……

「她們……肯定也在不安。」

胡靜蘭不禁放輕聲音，喃喃自語。

◆◎◆◎◆◎◆

「啪——！」

「在看哪裡？專心一點！」

「嗚！對不起！」

卡繆一記掌擊狠狠打上關銀鈴的屁股，即使已經承受過很多次了，關銀鈴依然痛得大叫出來，然後慌忙挺直背脊。

然而，她還是忍不住偷看旁邊的許筱瑩。

關銀鈴其實偷看得相當明顯，許筱瑩卻沒有察覺，她只是抿著嘴巴，默默看著前方。

而卡繆察覺到了。

「啪——！」

「嗚哇！對、對不起！」

關銀鈴驚慌地叫道，不過出乎意料之外，卡繆沒有開口責罵，她反而走到許筱瑩和藍可儀身邊，接著——

「啪！啪！」

「嗚！」

許筱瑩忍住了，而藍可儀則馬上叫出來，之後卡繆走到三人跟前，用沉穩的聲音說：

「現在休息。」

「咦？休息？」關銀鈴立即眨了眨眼，「但我們才開始了十分鐘……」

「品質低的訓練，只會事倍功半。」

卡繆稍微放輕聲音，之後她望著三名女孩——主要是望著許筱瑩。

「妳們很在意昨天發生的事情吧？」

三名女孩立即倒抽了一口氣，當中許筱瑩更顯動搖，她奮力咬緊牙關，可是身體卻猛地顫抖起來。

「果然是這樣。」

卡繆點了點頭，然後握起許筱瑩的手。

「咦？」

「過來。妳們也是。」

卡繆牽著許筱瑩來到角落的桌子旁邊，許筱瑩還未回過神，她便被按在椅子之上，之後卡繆什麼都沒有說，就這樣離開房間。

「我們……也坐下來？」

關銀鈴和藍可儀也不知道發生了什麼事情，她們互相看著對方，接著慢慢坐下來。

大概幾分鐘之後，卡繆拿著一套茶具回來了。

「這是薰衣草花茶，除了潤肺養顏之外，維多利亞說過它還有鬆弛情緒、消除緊張的功效。」

卡繆一邊說，一邊替三名女孩倒茶。三名女孩都被她這個舉動嚇到了，她們不知道該怎樣反應，只好屏住呼吸，悄悄看著她。

「我不太擅長泡花茶，味道可能會有點奇怪，妳們將就一下。」

「啊……」

三名女孩還是搞不清楚發生了什麼事情，但看著卡繆把茶杯遞過來，她們不敢怠慢，連忙伸手接過。

雖然她們都不知道薰衣草花茶是否真的有消除緊張的作用，但當茶滑過喉嚨之際，清

新的香味的確令她們精神為之一振，濃郁的茶香也令她們忍不住再喝一口，然後她們輕輕吁出一口氣。

「我要先說一件事。」卡繆突然開口，「我不擅長泡花茶，而且也不擅長安慰人。」

三名女孩隨即抬起頭，疑惑地看著卡繆。

「卡繆小姐，妳的意思是……？」

「接下來的話，可能會令妳們更加不安，又或更加不愉快。如果妳們感到難受，隨時阻止我。」

卡繆也喝了一口花茶。

「天劍被人襲擊，我也相當吃驚，這是近十年來第一次有人公然襲擊超級英雄，而且他們更聲明要打倒我們，所以我可以理解妳們為何動搖。不過，不只是這樣，妳們會心生動搖，還有一個更加重要的原因。」

「……」

「妳們知道是誰襲擊天劍。」

卡繆望向許筱瑩，許筱瑩隨即僵住，不敢回答。

「乍看之下，是有人把炸彈放在天劍的裝甲之上，他的裝甲才會突然爆炸，但只要仔細看清楚，就會發現他的裝甲本身就是炸彈。能夠把物件變成炸彈，據我所知，ＮＣ至少有一個人擁有這種超能力，她曾經是HT和LC的超級英雄，不過在一個月之前，LC在沒有公告的情況下，偷偷把她除名了。」

——**我不知道妳在說什麼**。

許筱瑩很想這樣說，但是卡繆說的每一個字都結實地傳進她的耳中，她知道即使她摀著耳朵，它們也不會放過她。

「她就是英雄名稱為『爆靈』的前超級英雄。」

「卡繆小姐，請妳——」不要說下去了。關銀鈴想要阻止卡繆，不料在開口之前，許筱瑩竟然率先舉起手阻止她。

「爆靈的確擁有這種超能力，但是……這不代表就是她做的。」

「我的確沒有證據證明是她做的。不過，妳們都在懷疑她，難道不是嗎？」

「我……」

「不，妳們不是在懷疑她。」卡繆搖了搖頭，「妳們其實已經肯定是她做的，只是不願意承認。」

「不對！」

許筱瑩終於按捺不住，她霍地站起來，狠狠瞪著卡繆。

「不可能是她做的！爆靈她……她絕對不會這樣做！」

「一個月前，ＬＣ和ＨＴ以及其餘三間事務所到了明星遊樂園參加ＮＣ電視臺的新節目，拍攝很順利，可是當時突然發生罕見的局部地震，所以電視臺被迫中止拍攝。」

卡繆突然說起這件事情，許筱瑩立即咬緊牙關，不讓自己露出害怕的表情。

「那又怎樣？」

「我收到消息，當時爆靈正是以ＬＣ的代表身分去參加拍攝，不過在拍攝中止之後，她就從此失蹤。」

「……所以呢？」

「當時發生什麼事，妳們比我更加清楚。當然，妳可以自欺欺人地說『不知道』。」

「……」

「承認現實吧，她已經不是超級英雄。」

——不要說了。

——不要說了。

——不要再說了！

「她現在是一個罪犯。」

「不對！」許筱瑩猛地拍打桌子，茶杯和茶壺都被她打翻了，但她彷彿渾然不覺，握得蒼白的拳頭在桌面上不斷抖動。

「不是她做的，不可能是她做的！她……她怎麼可能會做這種事！」

毫不留情的拳頭。

要置人於死地的踢擊。

以及閃爍著赤紅光芒的掌心。

一個月前發生的一切都歷歷在目，即使千萬般不願意，每天晚上閉上雙眼，許筱瑩就會回想起那一天發生的事情。

無法否定的事實。

無法逃避的事實。

「她不會這樣做的！」

許筱瑩憤然朝大門跑去，當她從身邊跑過的時候，卡繆大可以阻止她，不過卡繆沒有這樣做，反而默默讓她離去。

「前輩！」

關銀鈴立即追上去，卡繆同樣沒有出手阻止，她只是平靜地轉過頭，看著兩人消失的背影。

「那、那個……」

被遺留下來的藍可儀驚慌得不知所措，卡繆稍微垂下眼簾，然後轉回頭看著她。

「看來我並非不擅長安慰人，而是根本不懂得安慰人。」

卡繆淡然地說，之後她拿起茶杯，又再喝了一口。

「今天到此為止。代我告訴她們，後天的特訓照常繼續。」

「卡繆小姐……我可以，問一件事嗎？」藍可儀鼓起勇氣問道。

「怎麼了？」

「……我們……還要繼續表演嗎？」

「當然要。」卡繆冷靜地說：「妳要放棄嗎？」

「不！但是……在現在這種時候……」

「正是因為這種時候，我們才更加要繼續表演。」

「我不明白……」

「在妳的心目中，超級英雄是怎樣的存在？」

卡繆突然不答反問，藍可儀當場一愣，之後她交握雙手，不安地看著卡繆。

「超級英雄是……勇氣與正義的象徵。」

「沒錯，我們就是勇氣與正義的象徵，正因如此，無論ＮＣ發生了什麼事情，我們必須要做的事情永遠只有一件。」

「一件……？」

卡繆點了點頭。

「就是清楚告訴大家，不管發生任何事，超級英雄絕不逃避。」

◆◎◆◎◆◎◆

「前輩、前輩！對不起！前輩！」

許筱瑩在前方橫衝直撞，已經撞倒路人好幾次了，關銀鈴趕忙追上去，終於趕在她穿過馬路之前截住她。

「前輩！妳——」

「嗚……」

許筱瑩在顫抖。不只如此，即使護目鏡擋著她半張臉孔，關銀鈴仍然看得到眼淚正從護目鏡鏡片背後慢慢流下來。

「前輩，妳冷靜一點！」

關銀鈴連忙抱緊許筱瑩。兩人現在都穿著超級英雄的服裝，早就引來路人圍觀，假如現在許筱瑩哭出來，肯定會釀成騷動！

「來這邊，快！」

忽然一個熟悉的聲音從旁邊傳來，關銀鈴驚喜地抬起頭，便見到一名戴著偵探帽子的人影對著她們揮手。

是赤月。

「前輩，跟我來！」關銀鈴抓著許筱瑩的手跑向赤月，接著赤月帶著兩人往前跑，一會之後，她們便來到雪湖店裡。

「我要一間ＶＩＰ房間！」

赤月丟出尊貴會員證，店員立即帶著三人進入一間幽靜的包廂，然後二話不說地低頭離開。

四周霎時變得很安靜，赤月稍微喘了一下氣，然後望向身邊兩名女孩。

「發生了什麼事情嗎？」

「嗯……」

關銀鈴不知道該怎樣回答，於是她轉頭看著許筱瑩，許筱瑩仍然低下頭，沒有看她們一眼。

接著，她終於放聲大哭。

「對不起、對不起……」許筱瑩猛地脫掉護目鏡，然後把臉埋在掌心中。她一邊哭，一邊用手拭去眼淚，可是她哭得實在太厲害了，雙手已經被淚水沾滿，但眼淚仍然不斷在流，之後她跪倒在地上，繼續放聲大哭。

「前輩……」

「對不起……」

關銀鈴不曉得如何是好，赤月適時走過來，她什麼都沒有說，只是輕輕握起關銀鈴的手，搖了搖頭。

讓她哭吧。

赤月沒有這樣說，但感受著從手邊傳來的溫暖，關銀鈴知道她正是這個意思。

所以，她默默站在許筱瑩身邊，讓對方放聲大哭。

「對不起……」

許筱瑩再一次道歉，但她總算抬起頭來，用紅腫的雙眼看著關銀鈴和赤月。

「前輩，請不要這樣說。」

關銀鈴立即扶起許筱瑩，讓她坐到包廂裡的沙發之上。

「我之前說過妳不用逞強，但是……」許筱瑩抿著嘴唇，不甘心地說：「其實逞強的是我才對。」

「前輩，妳也認為那是爆靈前輩做的嗎？」

「我不知道……」

「妳們在說昨天的事情嗎？」

赤月適時插嘴，許筱瑩沉重地點了點頭。

「嗯……抱歉，給妳添麻煩了。」

許筱瑩跟著低頭道歉，赤月見狀，在胸前揮了揮手。

「說這什麼話，妳該不會看不出我一直都當妳們是可愛的妹妹吧？妹妹有難，當大姐的我不可能坐視不管。」

「嗯……」

「有和諾天談過嗎？」

「還沒有……製作人今天早上有找過我，但我不敢跟他說。」

「為什麼？」

「因為……我不想加重他和靜蘭姐的負擔。」

許筱瑩的頭垂得更低了，赤月立即瞇起雙眼，然後在她跟前半跪下來。

「不對，妳只是不願意承認。妳心底相當清楚，這件事是爆靈做的。」

——不是！

許筱瑩想要反駁，但在這之前，赤月輕輕握起她的手。細小的雙手有點冰冷，不過當赤月緊緊握住，微弱、但確實存在的溫暖緩緩滲進許筱瑩體內。

「妳不願意承認，這是理所當然的，因為妳依然把她當成同伴、當成朋友。」

「我……」

「我不認識那個孩子，那時候我和諾天仍然在冷戰，所以我不願意去找你們，但我有留意你們的消息，當時妳和她真的好努力。」

「不是……努力的只有爆靈，我只是拚命跟上去……」

「這已經很了不起了，如果當時妳沒有拚命跟上去，ＨＴ不可能走到現在這一步。」

「我……」

許筱瑩哭了。

這一次她沒有舉手遮掩，任由透明的淚水滑過臉龐。

「赤月小姐，我真的……不知道該怎麼辦……」

「慢慢說，不用心急。」

赤月輕輕拍著許筱瑩的手掌，「好好看著我，然後一起深呼吸。」

吸、呼。吸、呼。

規律而平靜的動作，雖然許筱瑩不能完全跟上，但在幾次吐納之後，她閉上雙眼，然

後隨著自己的意志，把堵塞在胸口之中的悶氣吁出來。

「……我一直以為自己很了解她。」

許筱瑩睜開雙眼，看著赤月和關銀鈴。

「雖然我和她是不歡而散，但我真的以為自己很了解她。她為什麼要離開ＨＴ、她又是抱著怎樣的心情離開ＨＴ，我以為自己都很清楚……不過，在明星遊樂園再見到她，我立即知道自己太天真了。」

許筱瑩緊緊握著赤月的手。

「她以前是不吸菸的，而且很愛笑，有時候我知道她是強顏歡笑，但她就是不會像我一樣，總是板著一張臉……身邊的環境改變了，自己當然也會跟著改變，可是她就像變成了另一個完全不同的人，我幾乎認不出她。」

「嗯，我也有過這種經驗。」赤月輕聲苦笑，「我曾經以為自己很了解一個人，但是有一段時間，我完全認不出他，那種感覺就像是……眼前的人不是他，而是另一個披著他外皮的陌生人。」

「就是這種感覺……她的樣子和聲音都沒有改變，但是她的氣味、散發出來的感覺，完完全全是另一個人……不過，在『那個時候』，她似乎又變回我心目中的她。」

「那個時候？」

許筱瑩隨即咬緊牙關，「就是……她襲擊我的時候。」

關銀鈴立即倒抽一口氣。她沒有忘記那個時候發生的事情，當時她和一眾超級英雄都無能為力，只能夠看著爆靈和其他兩名受到控制的超級英雄對他們施暴，要不是胡靜蘭及時發動超能力，恐怕她們都會在那裡喪命。

許筱瑩竟然說在那個時候，爆靈變回了她心目中的模樣。

「我知道這樣說很奇怪，但是……我感覺到了，當她用拳頭打中我的臉、用腳踢上我的胸口，甚至要用超能力襲擊我們……她當時是真心的，她真的想打死我們，而且……她在哭。」

「她一邊襲擊妳們，同時一邊在哭？」赤月輕聲地說。

「不是，她沒有真的哭出來，她只是……很想哭。我不知道她為什麼想哭，也許她是在悔恨，又也許……是在生氣。所以，赤月小姐，我真的不知道該怎麼辦……」

「答案其實已經很明顯了，不是嗎？」

赤月忽然柔聲說道，許筱瑩當場一怔，錯愕地看著她。

「……我不明白。」

「就如我之前所說，妳仍然把她視為朋友、視為同伴，而且妳察覺到她想哭，雖然不知道原因，但至少不是喜極而泣。那麼，這個時候妳就只能做一件事。」

答案呼之欲出，許筱瑩不禁張開嘴巴。

「我……」

「去阻止她吧。」赤月溫柔地笑了一笑，「朋友這種關係是很奇妙的，如果擁有相同的興趣、相同的價值觀和人生觀，當然可以成為志同道合的好友。不過，明明志不同道不合，而且處處針鋒相對，每次見面都會吵上一架，這樣的二人也可能成為一生的好友。」

「但是……」

「只會無條件附和，這樣的人並非真正的朋友。朋友有難，定當兩肋插刀，而朋友有錯，也必須直斥其非。世上沒有完美的人，所以人才需要朋友。」

「……真的可以嗎？我真的……可以去阻止她嗎？」

「為什麼不可以？」

「我……她已經是罪犯，阻止罪犯，並不是超級英雄的職責……」

「妳不是以超級英雄的身分，而是以朋友的身分去阻止她。」

眼淚停下來了。

冰冷的淚水仍然貼在臉上，但赤月這一句話讓許筱瑩心頭一熱，之後她舉起手，用力拭去臉上的淚水。

雙眼仍然紅腫，可是已不見脆弱。

赤月率先站起來，然後扶起兩名女孩。

「赤月小姐，謝謝妳。」

即使聲音還殘留著哽咽的感覺，這卻是走進包廂之後許筱瑩最平靜的一句話。

「雖然還是太見外了，不過我就大方接受妳的道謝吧。」

赤月從懷中取出手帕，許筱瑩老實接過，並且輕輕擦拭臉頰。

「赤月小姐，我也很感謝妳！」

闞銀鈴也笑著說道，赤月立即回她一笑。

「好了，我不是要聽道謝才帶妳們來的。坦白說，我本來就有點擔心妳們，所以才打算到ＱＶＡ那邊看看情況……說起來，妳們為什麼會跑到街上，還有可儀人呢？」

「因為卡繆小姐問起昨天的事，之後前輩突然離開，我匆忙追上來，而可儀……她應該還在ＱＶＡ事務所那邊？」

「就她一個人和卡繆單獨相處？」

「呃！不好了，卡繆小姐可能在生氣，可儀的屁股要受難了！」

「妳冷靜一點，我想卡繆不會為難可儀，但可儀應該很緊張……這樣好了，我陪妳們一起回去，然後妳們好好向卡繆道歉。」

「赤月小姐，我現在……不想回去。」

許筱瑩面有難色，之後她戴上護目鏡，赤月隨即瞇起眼睛看著她。

「妳想去找爆靈嗎？」

「嗯……我不可以讓她一錯再錯。」

「的確，要是她繼續錯下去，也許真的會無法回頭……不過妳知道她人在哪裡嗎？」

許筱瑩隨即咬著下唇，「……我不知道。」

「那麼，妳先跟我們回去吧。昨天妳應該有看英管局的記者會，他們聲稱和各大事務所合作，更高調宣傳『The Guardian』，不過那肯定只是那個老女人的花招，她絕對不會容許超級英雄插手這件事。」

「所以我才要儘快找到爆靈，要是英管局先找到她，她連認錯的機會都不會有的！」

「英管局在市區內有無數眼線，還可以監控市區內所有的監視器，而妳只能像一隻無頭蒼蠅隨處亂找，妳認為妳真的可以先他們一步找到她嗎？」

「就算是這樣——」

「放心，老女人老謀深算，但超級英雄這邊並不是乳臭未乾的死小孩。他們雖然會配合英管局的行動，一定也另有打算。」

「……」

「相信他們吧，至少要相信妳們的製作人，他肯定和妳一樣，都在擔心那個孩子。」

赤月輕聲笑著說，接著她向前遞出右手。許筱瑩看著她，臉上仍然掛著複雜糾結的表情，不過許筱瑩也慢慢舉起手，準備靠近赤月——

「轟！」

猝然一聲震天巨響！就像有重型的轟炸機在頭頂飛過，整個包廂劇烈地晃動，三人隨即腳步不穩，險些要跌倒在地。

「這是——」

「赤月小姐，發生大事了！請妳們馬上去避難！」

一名店員慌忙跑進包廂，他臉色鐵青，抓著門邊大力喘氣。

「發生了什麼事？」赤月急忙問道。

「對面大街爆炸了！」

爆炸！這件事固然令人吃驚，但在現在這一刻聽到爆炸二字，許筱瑩率先有反應，她趕忙推開店員，一口氣往街上跑去。

「前輩！」

「妳們兩個都等一等！」

關銀鈴緊接著追出去，赤月遲了一步，只能狼狽地追在兩人身後。

然後她們都僵住了。

「這……」

赤月記得雪湖的對面是一間速食店，正午時分總是熙來攘往，由於大部分客人都是年輕學生的關係，所以往往笑聲不斷。

然而，現在眼前只有一片火海，以及人們四處逃難的慘叫。

「嗚哇——」

一記爆炸聲再度響起，接著一團黑色的東西從店裡噴出來，它就像一顆小型的隕石，朝著地面的人們急速墜落！

「小心！」

關銀鈴立即使用超能力，在千鈞一髮之際救走了三個人，之後她定睛一看，墜落到地面的原來是一張被燒焦的桌子。

「大家快走！」

關銀鈴連忙帶領人群朝爆炸的反方向避難，又有一聲爆炸聲猛然從後傳來，這次爆炸的不是速食店，而是旁邊的書店！

「是爆靈……！」

許筱瑩驀地回神，之後她不顧危險朝著起火的書店衝過去，赤月及時抓住她。

「不要衝動！我們不知道發生了什麼事，現在要先疏散民眾！」

「這肯定是爆靈做的！書店不可能會突然爆炸啊！」

「就算是她做的，她也不可能會在裡面！現在衝進去是自殺！」

「這……」許筱瑩緊盯著幾乎被黑煙包圍的書店。

赤月說得沒錯，現在衝進去無疑是自殺，爆靈也不可能待在裡面等死。

「不過她一定在附近！我知道她的超能力，她可以遠距離控制炸彈爆炸，但她不可能離得太遠的！」

「四周這麼混亂，妳找不到她的！現在我們只能先疏散民眾，之後再和諾天他們商討對策吧！」

「這就太遲了！我一定要阻止她——」

「轟！」又一砰然爆裂聲，所有人都嚇得縮起肩膀。

這次爆炸並非在身後發生，而且在另一條街道之上。

接著，一個甜膩的聲音從天而降。

「各位NC的市民，午安。」

許筱瑩驀然抬起頭，便見到一艘在半空中飄浮的飛艇。

這艘飛艇一直都在NC的半空悠然翱翔，橢圓形的機身上設有一個液晶電視，大部分時間都在播放不同的廣告，NC政府偶爾有一些重大發表，也會使用它來向NC市民做出公告。

而現在在螢幕上出現的，是一個戴著綠色面具的嬌小女子。

「昨天已經向大家打過招呼，但我擔心大家很快就會忘記我們，所以我們準備了幾份禮物送給大家。大家還喜歡這些煙花嗎？如果你們沒有看見，快點走到街上看看吧。」

女子連嘴唇也塗成鮮豔的綠色，接著她勾起嘴角，滿心歡喜地笑了。

「我們很高興英管局重視我們，而且『The Guardian』這個名字雖然有點老套，但我有點喜歡呢，我很期待能夠和他們合演一齣精采的表演……可惜，這應該是不可能的。」

「轟——！」

又有爆炸聲響起了，緊接著是人們的驚叫。

彷彿親眼看見人們慌亂逃跑，女子的笑容變得更加燦爛。

「因為『恐怖魔王』要出手了。這將會是他的個人表演，大家請拭目以待。」

女子笑著說完之後，對著螢幕拋出一個飛吻。

然後，又一道爆炸從遠方傳來。

第五章

然後，Neo-City將會重歸和平！

「妳們都沒有事吧？」

「嗯……」

關銀鈴平日的朝氣不見了，現在她只是無力地點了點頭，坐在她身邊的許筱瑩和藍可儀更是垂著頭，兩人都緊握著拳頭，默默盯著地面。

「我想讓妳們回家休息，但現在情況……總之，妳們先留在事務所，我會親自聯絡妳們的家人，向他們說明情況。」

「我會留下來幫忙的。」

赤月接著說道，游諾天隨即向她點頭道謝。

距離正午的騷動已經過了五個小時。連續五場不同大小的爆炸在NC各處發生，全城陷入恐慌，不幸中之大幸是暫時沒有死亡報告，可是重傷者不斷出現，恐怕在不久之後就會出現令人窒息的傷亡報告。

英管局現在正召開另一場記者會。

和昨天相比，今天記者會的場面更為凝重，即使隔著冰冷的電視機螢幕，所有人都感受到會場瀰漫著一種肅殺的氣氛，而他們即使滿腹疑問，但由於實在太驚恐了，所以沒有一個人敢貿然開口，只敢安靜地看著坐在眼前的卡迪雅。

「……」

卡迪雅顯然很焦躁。

不過如果要說在場誰最冷靜，相信就是這位外交部部長，因為她沒有被爆炸嚇住，仍然可以冷靜地分析事態，也正因如此，她滿肚子怒火不知該如何發洩。

昨天公然襲擊超級英雄天劍，今天就用相同的方法襲擊平民。SVT此舉擺明是挑釁，而且他們肯定會繼續做，甚至會變本加厲，直至把整個NC拖入恐懼的深淵。

卡迪雅清楚知道事情的嚴重性，可是現階段她沒有任何辦法阻止。

「卡迪雅外交部長，今天的事情……英管局有什麼看法嗎？」

一名坐在前排的記者終於鼓起勇氣問道，而一如眾人所料，卡迪雅馬上瞪起雙眼，狠狠盯著該名記者。

不過，卡迪雅沒有失控，她反而因此恢復冷靜。

「今天的事情，毋庸置疑是SVT所為。面對他們突然的襲擊，我們這一次完全沒有任何的預防措拖，只能夠在事後搶救，為此，我代表超級英雄管理局，向所有的NC市民道歉。」

卡迪雅站起來，對著鏡頭鞠躬。假如是其他場合，記者們肯定已經乘勝追擊，不過他們今天只是拿起照相機，反射性地拍下相片。

「今天的爆炸造成全市嚴重傷亡，不論是城市，抑或是廣大市民都深受其害。他們的炸彈到底從何而來，又是在何時設置在城市各處，我們還在調查，不過今天我們得到一個非常有利的情報。」

卡迪雅打開投影機，把一個影像投射出來。

「這是今天正午，駭入飛艇的廣播系統，然後做出犯罪聲明的女子。她雖然戴著面具和塗抹濃妝，但經過情報部人員的分析，我們已經知道她的真正身分。」

卡迪雅換上另一個投射影像，這次投射出來的是一張沒有戴上面具、臉上只有淡妝的女性臉孔。

「她叫周卓珊，原職業是超級英雄事務所『Legend Chaser』的前執行製作人，在一個月之前，ＬＣ向我們報告她失蹤了。」

全場譁然，不過沒有人敢站起來追問。

「我們不知道ＳＶＴ之後有什麼打算，也不知道他們的真正目的，但現在既然知道他們當中成員的身分，我們會盡全力搜捕她。如果任何人有她的消息，不論多寡，請立即向我們報告。」

「那個……」一名記者舉起手，「請問英管局之後有何對策？ＳＶＴ在城市各處設置炸彈，恐怕這只是第一次，之後他們一定會重施故技，而且她還說過什麼恐怖魔王——」

「我不想令市民陷入恐慌，但我必須承認，我們也相信這次爆炸不會是唯一一次，也許一星期以後，甚至是明天，爆炸案就會再次發生。我們已經加派人員在城市各處搜查，如果發現任何可疑物品，會立即派出專家去處理，假如各位發現任何可疑物品，也請聯絡我們，我們會立即跟進。」

卡迪雅拿起杯子喝了一口，然後輕輕呼一口氣。

「至於那個恐怖魔王，坦白說，我們完全不知道她在說什麼。現在的情報太少，我們不想妄加判斷。」

「恐怖魔王是一篇曾經在網路上連載的故事。」

一直站在後方的蘭斯洛特突然開口了。所有人立即看著他，卡迪雅也是，而她露骨地皺起眉頭，明顯在責備他的多嘴。

蘭斯洛特沒有因此退縮。

反而走到卡迪雅身邊，平靜地繼續說：「那是大概十幾年前，英雄之石來到ＮＣ不久之後的故事。當時英雄之石還未正名，而且有不少人自恃著他們擁有超能力而四處作惡，是ＮＣ最混亂的時期。」

「我們的前輩們為了守護ＮＣ，所以挺身而出和ＮＣ政府合作。此舉在當時取得很大的成功，很多超能力罪犯都被打倒了，社會逐漸變得和平。就在這個時候，《恐怖魔王》

在網路上發表了。」

蘭斯洛特說得平靜，而卡迪雅的臉色變得相當難看——因為蘭斯洛特正在說的事情，她一早就知道。

「當時有不少故事都是以超級英雄為主角，描寫他們如何打倒壞人，偏偏《恐怖魔王》卻是以壞人為主角，故事主角名為『恐怖魔王』，在故事當中沒有詳細描寫他到底有何種超能力，但無論面對哪一位超級英雄，甚至被多人圍攻，他都會用壓倒性的力量打倒對方。」

「那麼，她口中的恐怖魔王……」

「應該就是取自這個故事。」蘭斯洛特點了點頭，「周卓珊她是在暗示他們有能力打倒我們，而我們將會無力反抗。」

全場再一次譁然，卡迪雅趁這個時候，一手抓住蘭斯洛特的衣領。

「不要說無謂的話，給我滾回去後面。」

「請放心，卡迪雅小姐，我不是來添亂的。」

蘭斯洛特握起卡迪雅的手輕輕一笑，然後挺直身體。

「當然，這只是他們的一廂情願。只敢躲在螢幕背後的小貓咪，根本不知道我們的真正實力。」

蘭斯洛特摘下放在胸前的玫瑰花，一片白色的花瓣適時飄落，接著一道閃耀的銀光在半空閃爍。

「嗖——」

花瓣完整無缺，輕輕黏在不知何時出現的劍尖之上。

「趁這個機會，我代表Excalibur回應ＳＶＴ昨天的聲明。我們也不期待和你們合演精采的表演，因為你們所做的一切，只是不折不扣的犯罪。對付罪犯本非我們的職責，但既然你們執意挑釁，並且公然傷害平民百姓，我們絕不會坐視不管。所以……」

蘭斯洛特把長劍舉在胸前。

「無論是偷襲、炸彈，抑或是恐怖魔王，統統放馬過來，我們會阻止你們，我們會打倒你們，然後，Neo-City將會重歸和平！」

銀光一閃。

眾人內心仍然不安，但看著蘭斯洛特的斬擊，他們都舉起相機，快速按下快門。

彷彿以此取代掌聲，為挺身而戰的超級英雄送上祝福。

◆◎◆◎◆◎◆

爆炸案沒有就此消失。三天下來，ＮＣ各處偶爾還是會傳來爆炸的巨響，不過次數明顯減少，最明顯的是在第三天，僅僅有一次漏網之魚，同日在其他三個地方，英管局和超級英雄都搶先找到炸彈，成功阻止了爆炸的發生。

ＳＶＴ沒有做出任何犯罪預告，所以要阻止他們，唯有依靠傳統的地毯式搜查。這種搜查相當消耗體力，每天晚上搜查人員都疲憊不堪，最可怕的是明天仍然要執行相同的工作。到底這種事情什麼時候才會結束呢？

「大家都辛苦了！」

蘭斯洛特每天都會加入搜查行列，這是難得能夠振奮前線工作人員士氣的事情。蘭斯洛特並非做個樣子，每天一大早他就在ＮＣ各處跑動，一直到晚上才稍作休息，之後新的一天開始，他又生龍活虎地四處奔波。他彷彿無窮無盡的體力，著實是對眾人最好的激勵。

「你也辛苦了。」

梅林笑著說道，蘭斯洛特隨即回以一笑，然後聳了聳肩。

「跟亞瑟的特訓相比，沒什麼大不了。」

「那麼我要說一個壞消息，當你回來之後，有更加嚴苛的特訓在等著你。」

「饒過我吧。」

兩人相視而笑，之後梅林稍微收起笑容，說：「總之，萬事小心。」

「你們也是。如果那些傢伙想要打垮超級英雄，一定會向我們下手。」

「到時候，亞瑟會教訓他們的。」

梅林把一瓶運動飲料拋給蘭斯洛特，接著如同融入黑夜般離開了。

蘭斯洛特確認四下無人之後，馬上倚著牆壁，用力吐一口氣。

「雖然亞瑟的特訓辛苦，但這種事也很折騰人……」

蘭斯洛特再吐一口氣。雖然在人前總是一副精力旺盛的樣子，但他其實也相當疲累，如果可以的話，他真想把什麼爆炸案拋諸腦後，然後回家倒頭大睡。

然而，他不可以。

ＮＣ的和平，一直都處於一種奇妙的狀態。

因為有超級英雄們的存在，所以ＮＣ才會和平；因為ＮＣ和平，才會有超級英雄們的存在。

如果其中一邊動搖了，整個平衡隨時會崩潰。

「那些傢伙是認真的呢……」

他打開瓶蓋，毫不猶豫把飲料朝嘴裡猛灌。冰涼的口感滑過喉嚨，他立即滿足地吁一口氣，之後又再仰頭大喝，不消半分鐘，瓶子已經空了一大半。

然後，他放下瓶子。

「……雖然政府沒有頒布宵禁令，但在這種時勢、這種時間走到這種地方，如果是我的粉絲，我必須說你太粗心大意了。」

蘭斯洛特緩緩轉身，盯著空無一人的前方。

「不過，我從來沒遇過會散發出殺氣的粉絲呢。」

今夜難得無風，所以四周的空氣感覺相當沉重，彷彿具有形體一般壓在身上，令人倍感不適。

而在這一刻，蘭斯洛特更有一種寒冷刺骨的感覺。

「如果是我的粉絲，出來吧，我會給你簽名，然後護送你回家。」

蘭斯洛特站在原地，悄然握緊塑膠瓶。

「抑或只是我的錯覺呢？其實你並不在這個地方，我只是在跟一個自己幻想出來的人談話？」

沒有任何回答。

「果然是錯覺……你以為我會這樣說嗎！」

手中的塑膠瓶倏地變成一把短劍，蘭斯洛特右手一揮，短劍立即往前射出！

同一時間，一個黑影出現了。

「…………」

　　黑影就在蘭斯洛特的正前方，眼見短劍馬上要刺上來，他卻不慌不忙，反而俐落地舉起右手，爽快抓住短劍。

　　他抓住的是劍刃的部分，手指理應會受傷流血，可是他表現得不痛不癢，甚至反過來把短劍舉在眉心前。

　　他作勢要擲出短劍，但在這之前，短劍忽然變回塑膠瓶，而且瓶口正好朝下，裡面剩下來的飲料立即灑出來。

　　「……！」

　　「我是ＥＸＢ的蘭斯洛特！」

　　黑影沒有驚慌，只是反射性地退後一步，但蘭斯洛特沒有錯過對方這個破綻，他拔腿往前衝出，在短短兩秒之間，已經闖入對方懷中。

　　「失禮了。」

　　黑影似乎跟不上蘭斯洛特的動作，他順勢再退後一步，而蘭斯洛特已經橫舉右手，一根銀針同時滑入掌中。

　　「湖上騎士之劍。」

　　銀針倏地變成一把銀白長劍，劍尖猛地往前刺出，迫得黑影仰後身體，蘭斯洛特趁機收起刺擊之勢，然後把劍尖往下一劃，直取對方右邊小腿。

「………！」

劍尖筆直刺穿目標，黑影當場往後跌倒，蘭斯洛特隨即把長劍刺在地上，同時左手一揮，變出另一把長劍直指對方咽喉。

「你就是恐怖魔王嗎？」

蘭斯洛特盯著眼前黑影問道。乍看之下，蘭斯洛特已占上風，加上對方右腿已廢，理應沒有反抗之力。

然而，蘭斯洛特不敢鬆懈——直到這一刻，他仍然看不清對方的樣子。

——明明他就在眼前，不過他整個人就像被黑影包圍一般，除了能夠看出是正常人的體型之外，其餘一切都無從辨識。

——而且，小腿已經被劍刺穿了，他竟然一聲都沒有吭出來？劍真的刺穿他了嗎？抑或他很能忍痛，所以才可以忍住不叫？

「………」

「回答我，你到底是誰？」

對方仰起了頭。

在這種距離之下，即使他穿著連帽外套也應該可以看到他的樣子，可是別說樣子，蘭斯洛特連他的眼睛都看不到。

「不要裝神弄鬼。這等無聊的伎倆，以為我會害怕嗎？」

蘭斯洛特把左手劍尖進一步往前刺出，幾乎是直接抵住對方喉頭。

「露出你的真面目吧。」

「嘿嘿…………」

猝然，一記陰森的笑聲響起了。

蘭斯洛特當場一驚，可是他沒有因此自亂陣腳，他依然緊握著長劍，專注地盯著眼前敵人。

「是你在笑嗎？」

「嘿嘿……」

笑聲又再響起了，但眼前的黑影沒有半點動靜，既看不出他在笑，甚至看不出他有活動的跡象。

不過蘭斯洛特肯定了。

笑聲的主人，的確是眼前黑影。

「……既然你不肯回答我的問題，休怪我手下無情！」

如果長劍直刺咽喉，中劍者必死無疑，這是無須經過任何分析都能知道的事情，蘭斯洛特身為超級英雄，當然不會做出這種全心置人於死地的殘暴行為。

然而，有那麼一剎那，蘭斯洛特真心想過要刺穿對方的喉嚨。

『危險。』

全身響起警報。他雖然看不清楚對方的樣子，不，正因為看不清楚，他才覺得危險，甚至覺得可怕。

面對可怕的事物，人們會手足無措，繼而失去冷靜。蘭斯洛特的劍就這樣刺向前方，然後他及時回過神，拚命扭動手腕把劍刺向對方肩膀。

對方忽然站起來了。

「不要——！」

蘭斯洛特趕忙要把劍收回來，可是對方的行動太突然了，他根本來不及反應，而且對方站起來的時候，身體往前傾斜，長劍當場刺穿對方咽喉。

蘭斯洛特嚇得放開長劍。

「湖上騎士之劍」——蘭斯洛特的超能力，他能夠把碰觸到的任何物件變成長劍，只要他一直握著該物件，該物件便能夠一直維持長劍的型態；假如他放手了，在接下來半分鐘物件都會維持長劍的模樣，之後除非他再次碰觸，不然就會變回原來的模樣。

所以，現在長劍仍然插在對方的咽喉之上。

「你——」

蘭斯洛特不禁退後一步。對方突然主動撞上劍刃，所以殺死對方非他所願——本來蘭斯洛特因此驚恐，不過他現在卻瞪大雙眼，感受著另一種截然不同的恐懼。

對方沒有倒下。

即使長劍就插在咽喉之上，黑影卻完全沒有倒下的跡象，蘭斯洛特甚至覺得對方變得比之前更加巨大了，剛才明明是處於相同的視平線，現在他必須抬起頭才能和對方對峙。

「……這是你的超能力嗎？」

蘭斯洛特用力深呼吸，之後再次變出另一把長劍。

「嘿嘿……」

對方不答反笑，之後他舉起雙手，慢慢拔出喉間的長劍。

沒有血，也沒有任何傷口。

長劍就像是從一潭泥沼當中拔出來，無聲無息，卻帶著一種黏稠的感覺。

『要逃。』

身體再一次響起警報。眼前的人到底是誰，這本來是蘭斯洛特在想的問題，但現在腦海已經被另一個問題淹沒。

——他真的是人類嗎？

即使他擁有人類的形體，也能夠發出人類的笑聲，但他整個存在太詭異了。四周因為

他的出現而變得潮濕，每吸一口氣，身體都像變得更沉重，繼續留在這裡，情況恐怕會變得更加可怕。

——不過，不可以逃。

「雖然不知道你是什麼東西，但如果打倒你，全城市民會稍微安心吧？」

蘭斯洛特逐漸穩住呼吸，之後他放鬆身體，握著長劍的雙手也稍微放輕力道。

「所以，我要請你倒下了。」

「嘿嘿……」

黑影把手中的長劍丟在地上，剛好時限已到，長劍變回一根銀針，在地面上不規則地彈跳。

同一時間，蘭斯洛特往前蹬出。

對方被長劍刺中後仍屹立不倒，身體顯然異於常人，但論速度蘭斯洛特在他之上。

不只如此，蘭斯洛特有自信在反應速度以及臨戰判斷方面都勝於對方，因為他早在成為超級英雄前就已經熟習劍術，如果當時英雄之石沒有來到ＮＣ，他很有機會成為一名職業的劍術運動員。

對方果然跟不上他的動作，他輕易闖入對方懷中，他乍攻刺出一劍，對方上當想用手去擋——

這種不把身體當一回事的反應再次出乎蘭斯洛特的意料之外，可是這一次他沒有慌張。他馬上踏穩右腳，趁對方全心要擋下攻擊而靠前之際，反過來往後退開，緊接著右腳一踏，竄入對方沒有防備的左邊死角。

「嗖——！」長劍刺入對方左手臂內側，普通人受到這等攻擊，會馬上痛得叫出來，可是黑影卻維持中劍的姿勢，霍地把頭轉過來。

「嘿嘿……」

依然是陰森的笑聲。蘭斯洛特當場咋舌一聲，之後果斷地拔出長劍，朝對方左腳又是一劍。

長劍結實刺穿對方腳掌，這一次黑影總算跟上蘭斯洛特的速度，黑影僅用上半身的力道往旁揮出拳頭，拳速快得異常，不過蘭斯洛特看得一清二楚，所以他毅然放開長劍，然後躍到後方，和黑影拉開兩個身位的距離。

「投降吧，你根本沒有任何勝算。」

喉嚨一劍、左手臂一劍、雙腳兩劍，即使對方仍然站在原地，但蘭斯洛特總算稍感安心，因為他每一記攻擊都確實刺中對方，只要再繼續搶攻，對方最後一定會不支倒下。

唯一令他仍感恐懼的事情，是對方不明所以的冷笑。

「嘿嘿……」

——是被打傻了嗎？抑或他真的胸有成竹，深信他不會被打倒？

「露出你的真面目，然後跟我到英管局走一趟吧。」

蘭斯洛特持劍在胸前，仔細盯著黑影的一舉一動——就在這時，另一個身影猝然映入眼簾。

「這是——！」

人影在黑影的身後出現，穿著沒有任何特別，是隨處可見的便宜服飾，而且他臉上沒有戴著面具，可以清楚看到他疑惑的表情。

換言之，是一般市民。

蘭斯洛特馬上後悔自己叫出聲來，因為黑影馬上轉過頭，看著身後的市民。

「快走！」

蘭斯洛特趁著黑影尚未有動作，搶先往前撲出，他顧不得下手太重，一劍劈向黑影的右腳。

這一劈，即使沒有把整個腳掌斬下來，也應該會令黑影倒下。

然而，黑影竟然安然站在原地。

「怎麼會——！」

蘭斯洛特訝異地瞪大雙眼。黑影紋風不動固然令他吃驚，但更加令他震驚的是長劍非但劈不進去，它更像是撞上鐵板，蘭斯洛特差點因為衝擊而失去平衡，還好他及時放開右手，所以只有長劍被彈飛到旁邊的牆壁之上。

「這是……」

「我感受到了……」

陰森的聲音響起了。這聲音就像是從陰冷潮濕的溝渠深處響起，濕答答地黏在身上，蘭斯洛特馬上起了一身雞皮疙瘩，他竟然忘記要變出長劍，只是緊張地盯著黑影。

「……是你在說話嗎？」

「果然……」黑影回過頭來。

他的身體仍舊是一團黑色，不過這一次蘭斯洛特總算看到對方臉上出現變化。剛才黑影的臉孔是一團渾濁到不見底部的黑暗，現在它卻像一個深夜的漩渦，自外側開始，黑暗慢慢往一個中心點擠壓。

「你，在害怕……」

「荒謬，我怎麼會——！」

黑影霍地往前撲出。

在剛才的交鋒之後，蘭斯洛特本來已經肯定自己的速度在對方之上，即使黑影突然偷襲，他都有信心能夠及時反應。

不過，當蘭斯洛特反應過來之際，黑影卻已來到他的身前，一隻大手猛地一抓，蘭斯洛特閃避不及，被黑影牢牢抓住咽喉。

「嗚——！」

脖子感覺要當場碎裂，蘭斯洛特腦袋一空，身體立即反射性地變出長劍，二話不說刺向對方咽喉！

結實刺中的感覺傳到手邊，可是黑影毫不在意地抓著蘭斯洛特，一口氣把他撞上背後的牆壁。

蘭斯洛特張大嘴巴，卻連一口氣都吐不出來，他立即舉起雙手，拚命抓住黑影右臂。

黑影的右手猶如一根鐵柱，無論蘭斯洛特如何掙扎都不動分毫。蘭斯洛特感覺到自己要缺氧了，他馬上運起最後的力氣，把三根銀針刺上黑影手臂。

湖上騎士之劍，發動。

三把長劍同時刺穿黑影右臂，黑影總算放手了，蘭斯洛特立即往後躍開，然後拚命深呼吸。

「反應不錯呢，剛才的反擊……值七十分吧？」

忽然一個陌生的聲音從前方響起，蘭斯洛特立即抓緊手中銀針，然後盯著前方。

是剛才那名市民。

「你……」

「可以笑一個給觀眾看看嗎？」

這名市民是一名男性，但他的語氣卻很女性化，而他的手中正拿著一部小型攝影機，鏡頭筆直地對準蘭斯洛特。

「你是SVT的人嗎？」

「你口中的『你』，是指你眼前這個男人，抑或是『我』本人呢？」

男子笑著回答，同時蘭斯洛特終於察覺，他的雙眼沒有聚焦，只是無神地看著前方。

「你就是周卓珊，對嗎？」

「哎呀，原來你認識我嗎？真是受寵若驚。」

男子又露出和外貌不符的甜膩笑容，蘭斯洛特立即皺起眉頭。

「我當然認識妳，而且也知道妳那個令人作嘔的超能力。」

「這種說法有點不妥呢。」

蘭斯洛特本來以為周卓珊會因此不悅，可是她依然維持一貫的語氣說：「超能力就是超能力，當中只會有強弱之分，不會有美醜之別。不過，你們就是連這種簡單的道理也不懂，所以才會玩超級英雄的遊戲。」

「在我看來，你們才是在玩超級壞蛋的遊戲。」

「超級壞蛋的遊戲……也許是吧？不過，比起互相吹捧，你不覺得這種遊戲更有意思嗎？所有勝負都是貨真價實的。」

「……」

蘭斯洛特沒有回答。

他並非贊同周卓珊的說法，只是比起回答她的話，現在有更加需要應付的事情。

黑影已經拔掉手臂上所有長劍，並且再一次面對著他。

這一次，黑影好像變得更加巨大了。

另外，一直是漆黑一團的臉孔之上，終於出現第一個「表情」——既像是一彎橫放的新月，也像是一把鐮刀，但聽著傳到耳邊的聲音，蘭斯洛特清楚知道那是什麼。

「嘿嘿……」

他在笑。

「好了，我們耽誤了不少時間，他都要等得不耐煩呢。」

男子退後兩步，同時舉起攝影機。

「讓大家好好看清楚恐怖魔王的力量吧。」

男子也勾起了嘴角。和黑影一樣，這是一個無法否認——而且是打從心底感到愉快的笑容。

◆◎◆◎◆◎◆

「卡迪雅部長，司徒部長要我轉告，他已經封鎖了所有相關影片，但他不敢肯定對方會否再次上傳。」

「傳媒那邊如何？」

「我們已經嚴正警告他們不可以做出任何相關報導，如果有人違規，我們將會馬上拘留他。」

「辛苦了。」

「卡迪雅部長也辛苦了。」

秘書恭敬地低頭行禮之後便離開辦公室。秘書仍然一臉平靜，不過卡迪雅看得出她也略顯疲態，如果在其他日子，卡迪雅會讓她好好休息兩、三天之後再回來工作，可惜她們現在沒有這種閒工夫。

「……天殺的混蛋！」

卡迪雅口出惡言，不過她馬上無力地嘆一口氣。

這幾天英管局風平浪靜，既沒有煩人的記者會，也沒有無禮闖進來的狗仔隊；NC也

是一樣，雖然仍然有爆炸案發生，不過在眾人努力下，總算將爆炸造成的傷亡壓到最低。

可惜，這只是表面。

一般市民也許不知道——不，卡迪雅肯定部分市民已經知道了，而且傳媒也早就知情，要不是英管局出面強行鎮壓，現在的ＮＣ已經亂成一團。

——不過，以暴力鎮壓下來的不安，什麼時候會爆發呢？

——如果全城市民知道真相，ＮＣ肯定會暴動吧？

「呼……」

最愛的即溶咖啡就放在桌子上，卡迪雅卻連看也不看，她只是仰起頭，輕輕捏著眉心嘆息。

這個時候，辦公室的電話響起，卡迪雅很想就這樣無視它，但在這種時勢，她也只能萬般不願地接起來。

「卡迪雅部長，打擾了。」

打來的人是特別行動組的神崎。聽到她的聲音，卡迪雅的眉頭皺得更緊，但似乎不是煩厭。

「『他們』的情況怎樣？」卡迪雅劈頭就問。

「其他兩人還在急救，而蘭斯洛特總算渡過危險期，可仍未清醒。」

「至少是一個好消息。」卡迪雅自嘲地笑了一笑，「其他兩人都救得了吧？」

「我會盡力的。」

「拜託妳了。」

雙方都爽快掛掉電話，之後卡迪雅終於抓起咖啡杯，慢慢喝了一口。因為早已變涼了的關係，咖啡十分苦澀，不過卡迪雅很自然地再喝上一口。

然後她打開筆電，點開一段這幾天以來不斷重複翻看的錄影。

「ＮＣ各位市民，晚上好。」

在畫面中心，是一個毫不起眼的男子，卡迪雅不知道他是誰，在英管局的危險人物資料庫當中也沒有他的記錄——不過他現在正被囚禁在英管局的大樓之中，接受情報部人員的審問。

「這段錄影應該馬上就會被英管局封鎖了，所以有幸看到的市民們，請睜大雙眼看清楚吧！」

男子笑著說完後便把鏡頭轉向後方。

第一次看到的時候，連卡迪雅也忍不住倒抽一口氣，不過現在她的眼神中只有憤怒。

「記性好的各位，應該還記得幾天之前蘭斯洛特宣稱一定會讓ＮＣ重歸和平，我其實

不討厭自信的人，不過聽到他的正面宣戰，我們不可能無動於衷。所以，作為他這幾天努力阻止爆炸案的獎勵，恐怖魔王決定現身。」

蘭斯洛特身受重傷，如同一塊爛布一般貼在地上，在他的身邊則是一個看不清楚外貌的巨大黑影，黑影正彎下身體，一隻巨猿似的大手抓著蘭斯洛特的頭。

「讓我來向各位介紹，他就是恐怖魔王！各位還記得十年前流傳著這個故事嗎？『恐怖魔王從天而降，把一切虛假的希望和光明都吞噬了。』」

巨大黑影身上插著無數長劍，顯然是蘭斯洛特親自刺上去的。如果是一般人，不，哪怕是生命力旺盛的野獸，身上插著這麼多長劍肯定一命嗚呼，而蘭斯洛特也應該清楚知道長劍的力量，他絕不會貿然下此痛手。

然而，他還是這樣做了。

然而，對方即使身中多把長劍，仍屹立不倒，臉上更掛著一張鐮刀似的笑臉抓著他。

「虛假的希望和光明，就是指超級英雄。」

鏡頭對準蘭斯洛特的臉。

他臉上的面具都粉碎了，應該要看得到他的臉孔，可是此刻他臉上不只滿布血跡，連五官都被人無情地打碎，根本不能看清楚他本來的樣子。

「一直以來，大家都認為ＮＣ之所以這麼和平，是因為有超級英雄，可惜這只是一個幻想。超級英雄從來沒有保護過大家，反過來說，他們只是藉助了ＮＣ的和平來宣揚虛構的愛與勇氣。這樣的人不是很卑鄙嗎？明明什麼都沒有做，卻把功勞都攬在身上。」

黑影抓起蘭斯洛特，然後高舉右手。

「如果世上真的有超級英雄，試試來阻止我們吧。不然，這就是你們的下場。」

黑影揮下右手。

蘭斯洛特癱軟的身體隨即撞上身後的牆壁，黑影力量之大，竟然連牆壁都打碎了，而蘭斯洛特就這樣被倒塌的瓦礫掩埋。

「嘿……」

在錄影的最後，一聲冷笑駭然傳來。

「……這就是恐怖魔王嗎？」

一陣惡寒竄到背上，卡迪雅不禁再喝一口咖啡，之後她盯著畫面上的恐怖魔王——那張簡單得就像是塗鴉的笑臉，竟然一直烙印在腦海之中，即使閉上雙眼，依然見到它一直在笑。

這段影像一度在網路上流傳，幸好司徒鋒馬上察覺，趕緊從來源處刪除。

可惜網路實在太過發達，除了司徒鋒之外，還有一部分人看到這段影像，其中某些人

不只是看，更幫忙把它分享出去。雖然他們之後及時阻截後續的分享，但看過影像的人已經大幅增加。

更糟糕的是，這不是唯一的影像。

在蘭斯洛特被襲擊之後，有兩名超級英雄也被襲擊了。

兩人都是人氣很高的超級英雄，而在影像當中，他們先後拚命和恐怖魔王戰鬥，可惜他們都和蘭斯洛特一樣不敵對方，最後被狠狠蹂躪。

民眾最初都驚慌不已，因為他們都聽到超級英雄被打倒的傳聞；而傳媒本來也想趁機大肆炒作，他們似乎不在乎ＮＣ的和平，只在乎生產有趣刺激的新聞。

要對付後者，卡迪雅有很多的方法，不過她還要安撫本就已經受炸彈案驚擾的市民情緒，這些事讓她差點就要舉手投降。

幸好，她總算想出一個辦法。

「咯咯。」

有人敲門了。

「進來。」

卡迪雅本來板著一張臉，但見到走進來的兩名男子，她隨即放鬆表情，嘴角甚至輕輕往上揚起。

「你辛苦了。」

「妳應該知道，紙包不住火。」帶頭走進來的是游諾天。看著他微微皺起的眉心，卡迪雅知道他所言不虛，但笑容變得更燦爛了。

「我當然知道，但在此時此刻，我們必須這樣做，而且我也說過了吧？只要你們幫我應付那些多事的記者，你我之間便互不相欠。」

「我也說過，這次幫妳的是千面，所以是妳欠她人情，我之後會再還妳的。」

「看來你很想去我家的晚餐聚會呢。」

游諾天立即白了卡迪雅一眼，卡迪雅不在乎地聳了聳肩膀，然後抬起頭對另一名男子說：「你也辛苦了，蘭斯洛特。」

「呃，那個……我……」

有著蘭斯洛特外貌的男子立即慌張地揮著手，之後他以眼神向游諾天求救。

「不要欺負我家的女孩，妳這個恩將仇報的傢伙。」游諾天瞪了卡迪雅一眼後對男子說，「這裡沒有其他人，放心變回來吧。」

「但是……我現在變回來，衣服會不合身的……」

蘭斯洛特低頭說道，游諾天不禁嘆一口氣。

「但持續變身太消耗體力了，妳在那邊坐下來，好好休息一下。」

「嗯……」

蘭斯洛特順從地走到辦公室另一邊的沙發，坐下來之後，他的身體馬上產生了變化，本來高大結實的身軀逐漸變得柔軟而圓潤，臉孔也從威武的男性外表變成一張軟綿綿的娃娃臉。

她正是藍可儀。

「先說好，我沒有在欺負她，我清楚知道這幾天是誰在幫助我喔。」

「要她扮成遭受襲擊的超級英雄，讓別人以為那些影像都是騙人的……就像我剛才說的，紙包不住火，市民很快就會察覺到不妥了。」

「我剛才也說了，我們必須要這樣做。」

卡迪雅終於收起笑容。

「如果蘭斯洛特不在人前現身，市民便會知道那些影像都是真的，那個時候將不是簡單一句『我們一定會把ＳＶＴ一網打盡』就可以解決。」

「妳要任他們繼續放肆？」

「怎麼可能？我一定會抓到他們的尾巴，到時候要他們連本帶利奉還！」

「既然這樣，我有一個想法。」

冷不防游諾天會這樣說，卡迪雅立即瞇起雙眼。

「什麼想法？」

「靜蘭肯定不會喜歡的想法……不，應該說，正常人都不會喜歡的想法。」

「那麼你大可放心，正常人都不會來當英管局的部長。」

卡迪雅輕輕一笑，但雙眼一直緊盯著游諾天不放。

「現在他們掌握了主導權，在他們行動之前，我們什麼都做不了；但為了不讓ＮＣ陷入恐慌，在他們行動之後，英管局必須要封鎖消息，然後除了等待他們下一次行動，我們依然什麼都做不了。」

「我們已經派人調查，馬上就要找到他們。」

「那麼，假設妳真的找到他們，妳會怎樣做？」

「你知道他們在哪裡？」

卡迪雅倏地瞪起雙眼，待在旁邊的藍可儀當場驚呼一聲，游諾天卻不為所動，只是平靜地說：「我是說『假設』。」

「我會派出特別行動組，在他們反應過來之前摧毀他們。」

卡迪雅不帶一絲感情地說，藍可儀又再驚呼了，而游諾天仍然一臉淡然，然後輕輕地搖了搖頭。

「這是合理的做法，不過主導權仍然在他們手上，而且在找到他們之前，肯定會有更多超級英雄遭受襲擊。」

「那麼，你又會怎樣做？」

「既然他們的目標是超級英雄，我們就要用超級英雄的方法去應戰，所以……」

游諾天停下來，深深吸入一口氣，「我們要贏得堂堂正正。」

第六章

妳們現在只要相信自己

「諾天，她們都來了。」

胡靜蘭在門邊輕聲說道，游諾天卻沒有抬起頭，只是若有所思地盯著筆電螢幕——雖然他根本沒有打開筆電。

胡靜蘭似乎察覺到了，她看著游諾天好一會，接著她關上門，移動輪椅慢慢來到對方身邊。

「靜蘭，妳在六年前才當上超級英雄，對嗎？」

游諾天終於開口。胡靜蘭稍微挑起眉頭，然後放輕聲音說，「應該是五年半之前。」

「也就是說，十年前的『超能力之亂』妳並不在場。」

「那時候我還只是十幾歲的女孩子啊！」胡靜蘭苦笑一聲，故作輕鬆地說：「雖然我當時已經擁有超能力了。」

「唔……」

「你在擔心嗎？」

游諾天老實點頭。

「十年前，我也和現在的她們一樣，只是一個十幾歲的毛頭小子……不，她們比當時的我們稍微年長，而且也是現役的超級英雄，不過……這次事件，跟她們，甚至是這十年來的超級英雄工作都完全不同。」

「你不想讓她們參與這次的事情嗎？」

「如果我可以決定，我不會讓她們參加的。她們會成為超級英雄，不是為了面對這種事情。」

「坦白說，我也不想讓她們參加，這實在太危險了，ＳＶＴ是認真想要摧毀我們……不過，這不該由我們來決定。」

胡靜蘭垂下眼簾，悄然握緊拳頭。

「而且，我們不可以一直逃避。」

游諾天隨即嘆一口氣。

這個計畫是他主動向卡迪雅提議的。

當時他一臉自信，彷彿打從心底相信計畫會取得成功——事實上他也真的是這樣想的，他不會貿然把一個自覺不可行的計畫向卡迪雅提出，但他其實猶豫過。

因為要是得知這個計畫，ＨＴ三名女孩——尤其是許筱瑩肯定會自告奮勇參加，這不是他樂見的事情。

「對她來說，這種事太殘忍了。」

「我知道，但要她袖手旁觀，她肯定會更加難受。」

胡靜蘭淡然一笑，游諾天看見了，又忍不住嘆出氣來。

「……對不起，我太自私了。」

「我們都是。」

胡靜蘭輕輕握起游諾天的手，就只是一會，之後她先放開了手，推著輪椅來到大門的前面。

「讓她們自己決定吧。」

胡靜蘭離開房間，讓大門就這樣開著，游諾天隨即深呼吸，接著毅然走向大廳。

在大廳之中，除了胡靜蘭之外，ＨＴ三名女孩都在。

三名女孩抬起頭看著游諾天，她們都緊張地抿著嘴巴，其中許筱瑩更是把拳頭握得發白，顯然在拚命忍耐內心的不安。

「妳們都收到通知了，對嗎？」

「收到了。」關銀鈴代表回答。

「那麼，我要跟妳們說清楚。」游諾天在女孩們對面坐下來，「這次的計畫是我向卡迪雅提議的。」

「嗯……」

藍可儀點了點頭。這件事是在她眼前發生的，她記得一清二楚。

「也就是說，是我親手把妳們捲進這種荒謬的事情。如果妳們不想參加，我會尊重妳們的決定，讓妳們在事件結束之前放假。另外我也必須說清楚，這次的計畫內容遠遠超出我們之前簽訂的合約範疇，即使妳們拒絕參加，也不會違反合約的協定。」

大廳的氣氛變得更加凝重了，游諾天趁著這個機會輕輕呼出一口氣。

「所以，妳們要參加嗎？」

「我要參加。」

許筱瑩立即回答。

「不要馬上回答我。我要妳們回家仔細想清楚，也要妳們和家人好好詳談，因為這一次，我們未必可以保護妳們。」

「我已經決定了。」許筱瑩堅定地說：「我本來就沒有家人，而且自一個月前起，我便一直想這樣做。」

「如果妳真的找到她，妳便要和她戰鬥。」

「我知道。」

「妳做得到嗎？」

「……我會做的。我不可以讓她一錯再錯！」

「我也要參加！」關銀鈴霍地舉起手，「我來之前已經和媽媽談過了，她沒反對！」

「不反對和贊成是兩回事。」游諾天平靜地說：「妳雖然很強，但這次敵人絕對不會

手下留情，萬一發生任何意外，後果很可能不堪設想。」

「我知道，但現在正是我們超級英雄挺身而出的時候，我不想再看到有人受傷了！」

「我……我也……」藍可儀一邊顫抖，一邊舉起手。

「可儀，我醜話說在前頭。」游諾天搶先打斷藍可儀的話，「在這次的計畫當中，妳的超能力是多餘的。假如妳參加，妳非但做不到任何事情，反而有可能成為我們的負擔。」

「我……是的……」

「既然如此，妳不必勉強。雖然我不贊成筱瑩和銀鈴參加，但我們的確用得著她們的超能力，而且在危急關頭她們也有能力保護自己。」

「嗯……」

「所以妳還是——」

「卡、卡繆小姐說過……超級英雄，絕對不會逃避！」藍可儀突然大叫出來。

她全身都在顫抖，而且滿臉通紅，不過她奮力抬起頭，筆直地看著游諾天。

「我……我也許真的會成為大家的負擔……不過，我會盡我所能幫助大家的！我想跟小鈴、前輩、靜蘭姐以及製作人一起努力！」

也許是叫得太用力了，說完這一番話之後，藍可儀的呼吸變得急促，身體甚至要往後仰倒，幸好關銀鈴及時伸出手扶住她。

「所以……請讓我參加！」

——不可以。

理性告訴游諾天，如果心軟讓藍可儀參加，很可能會害她遭受到不必要的傷害。為了她著想，現在應該要嚴正拒絕，即使她會因此怨恨他，總好過之後讓她受到重傷。

可是他說不出來。

本來這就是亂來的計畫，而他正是計畫的提案者，他有什麼資格說別人魯莽輕率？

「……答應我一件事。」

游諾天看著三名女孩。

「妳們一定要好好保護自己。」

「嗯！我們會的！」

關銀鈴用力點頭，藍可儀也跟著答應，唯獨許筱瑩沒有開口，只是把拳頭握得更緊。

◆◎◆◎◆◎◆

「我相信妳……」

「將來我們一起……」

「嗚……！」

傷口猛然傳來劇痛，爆靈當場痛醒過來。

她低下頭，看到一個鐵罐就倒在腳邊，還沒來得及想這是怎麼一回事，肋骨又一陣疼痛，她連忙用手按住它。

——對了，自己是在製造炸彈。

——然後，睡著了。

爆靈已經好幾個星期不能好好睡覺，最近一星期的情況更加嚴重，她每天都疲憊得不得了，隨時都會像剛才那樣陷入短暫的昏睡，可是睡不到十分鐘，肋骨間的劇痛便會讓她醒過來。

再這樣下去，身體一定會先倒下，但她知道這陣疼痛絕對不會因此放過她，它只會變本加厲，直到把她整個人吞沒。

「混帳……」

爆靈猛地甩頭，然後抓起地上的鐵罐，發動超能力。

又造好一枚炸彈。

爆靈把鐵罐放在桌上。桌上已經放著好幾個相同的鐵罐，乍看之下它們只是普通的廢物，但只要仔細觀察，不難發現它們上頭都有一個淡淡的紅色手印。

「人工爆彈」——爆靈的超能力，她不只可以把碰觸到的物件變成炸彈，亦可以把超能力「印」在物件之上，只要物件在距離她兩公里內，她隨時都能讓它爆炸。

對超級英雄來說，這樣的超能力實在太過暴戾。

雖然炸彈的威力會隨著物件的大小和碰觸時間的長短而有所改變，不過它們都是如假包換的危險物品，稍一不慎就會釀成重大傷亡，所以對於這種超能力，市民明顯是害怕多於憧憬。

但對於恐怖分子來說，這樣的超能力卻是難得的寶物。

幾乎是無限量供應的大規模殺傷力武器，更可以偽裝成普通的物件帶在身上，無論要偷襲抑或正面進攻都是不可多得的力量。

如果有超能力注定讓人成為超級英雄。

反過來說，也會有超能力注定讓人成為反派。

「……」

爆靈盯著眼前的鐵罐，回想著這星期發生的事情——他們終於行動了。她早就知道SVT會利用她的超能力來進行恐怖襲擊，所以當周卓珊告訴她要製造大量炸彈的時候，她沒有吃驚，只是依從對方的要求做出相應數量的炸彈。

然後，引爆。

「我需要妳。」

「妳的才能不應該浪費在這種兒戲上。」

「它是可以揭露ＮＣ真面目的星火。」

「ＮＣ的真面目……」

混亂、不安、恐懼。這就是這個星期ＮＣ的處境，和一直以來超級英雄宣揚的愛與勇氣截然不同。

造成這種結果的，正是爆靈的超能力。

「這真的是……」爆靈握著另一個鐵罐，喃喃地說：「我想看到的……」

「哈哈哈哈！」

爆笑聲猝然從房間外傳來，爆靈大吃一驚，起初她以為對方在嘲笑她，所以立即放下鐵罐瞪起雙眼，可是房間的大門沒有被人打開，仍然默默地關著。

——發生了什麼事？

爆靈認出這是周卓珊的笑聲，她笑得好高興，就像是看到什麼可笑的東西。

——有誰來了嗎？抑或有誰在逗她笑？

爆靈想不明白，本來她不想理會——她很感激一個月前周卓珊把她帶回來，也很感謝對方偶爾替她處理傷口，不過每次看到對方那張充滿心機的笑容，爆靈就不想接近對方，總覺得只要她稍微鬆懈，對方就會從背後插她一刀。

然而，周卓珊一直在笑，而且笑得越來越大聲，爆靈終於忍不住走出房間。

「卓珊，妳在幹什麼？」

來到大廳，果然見到周卓珊正捧腹大笑。

自從她以ＳＶＴ代言人的身分出現在人前之後，她便一直濃妝豔抹，爆靈每次見到她嘴上的綠色唇彩便覺得渾身不對勁，但爆靈沒有抱怨，只是壓抑著內心的不滿。

「妳來得正好！這實在太有趣了！我得承認，我從來沒想過他們竟然會這樣做呢！」

周卓珊對爆靈招了招手，爆靈隨即皺起眉頭，不太情願地走過去。

「到底有什麼事——」

話未說完，爆靈便看到周卓珊前方的電視螢幕。

在這一刻，她不禁僵住了。

「我再說一次，我們英管局已經知道ＳＶＴ下一個目標。」

電視機正在直播英管局的記者會，位在螢幕中央的卡迪雅，正以嚴肅的語氣說著這一句話。

「之前的爆炸案只是煙幕，ＳＶＴ真正的目標，是更加重要，而且是更具影響力的和平象徵。」

爆靈和記者會上的全場人一樣，都屏息靜氣等著卡迪雅說下去。

「那就是這個月初，由慕容市長親自剪綵，並由亞瑟和星銀騎士聯手為其設置標誌的和平大樓。」

全場人馬上哄動，爆靈也不例外，她睜大雙眼，難以置信地看著卡迪雅。

不過，她驚訝的原因和全場人並不相同。

記者會現場的記者立即爭先恐後詢問卡迪雅既然知道ＳＶＴ的真正目標，之後英管局會作何對策，卡迪雅仍然維持嚴肅的臉孔說：「本來打擊罪犯並非超級英雄的工作，但我已經和各大事務所談過這個問題，在這個嚴峻的時刻，他們都樂意用跟以往不同的方式，全力守護ＮＣ的和平。所以，以ＥＸＢ為首，一眾超級英雄已經在大樓四周嚴陣以待。ＳＶＴ一出現，超級英雄就會打倒他們。」

全場再次騷動，這一次更夾雜著歡呼聲，之後記者繼續追問有哪些超級英雄會加入這次行動，卡迪雅便逐一說出他們的名字。

「……她在說什麼？」

爆靈實在難掩疑惑，一雙眉頭鎖成八字形。

「就是在說我們的計畫啊？」

周卓珊終於稍微平靜下來，可是嘴邊依然掛著笑容，看到她這樣，爆靈的眉頭鎖得更緊了。

「我們從來沒有計畫過要襲擊和平大樓吧？」

爆靈說出內心的疑惑，周卓珊一聽，笑容變得更加燦爛。

「這個嘛……的確是沒有。」

「那麼她到底在說什麼？說什麼知道我們的計畫……她完全猜錯了吧？她真的以為她猜對了嗎？」

「恐怕她沒有這樣想呢。」

「我不明白。」爆靈沉重地嘆一口氣，「她，不，還有妳，妳們到底在想什麼？」

「她應該是要取回主導權吧。」

「……什麼意思？」

「這星期以來，他們唯一能夠做的事情就是阻止我們，阻止我們的炸彈襲擊、阻止我們散播恐怖魔王打倒超級英雄的影片……簡單來說，他們被我們牽著鼻子東奔西走。」

「這正是我們的目的，從而讓市民知道超級英雄和英管局的無能。」

「所以她……不，我的直覺告訴我這不是她想到的，『某個人』就是要取回主導權，所以才會編出這樣一個謊言。」

「妳的意思是……她主動指定一個地點，誘使我們襲擊那裡嗎？」

「正是這樣。」

周卓珊看著電視機，笑了一笑，但爆靈依然不能釋懷。

「這太荒謬了吧？我們沒必要任她擺布，大可以襲擊其他地方，到時候她要怎樣向市民交代？」

「假如真是這樣，她肯定要引咎辭職，不過……」

爆靈馬上皺起臉孔。

「妳不要告訴我，妳決定去襲擊和平大樓。」

「難得他們誠意邀請我們呢。」

周卓珊嫣然一笑，爆靈立即狠狠瞪著她。

「我反對。我們為什麼要陪他們演這一齣鬧劇？」

「如果只有英管局重兵駐守，我當然不會理會她，不過她說了吧？以ＥＸＢ為首，超級英雄都會在大樓恭候我們大駕。」

「如果這是真的，我們更加不應該冒險。」

「冒險？」周卓珊倏地勾起嘴角，「妳為什麼會這樣說？」

「這不是明擺著的事實嗎？如果他們說的是真的，那麼在大樓那邊等待我們的至少有二十……不，隨時有三十個超級英雄，除非我們全力進攻，否則不可能打倒他們。」

爆靈言之有理，而且她和周卓珊都知道她們不可能調派ＳＶＴ所有成員參與這次攻擊，連同她們兩人在內，這個據點僅有五人。

然而，周卓珊依然在笑，然後輕輕搖了搖頭。

「我已經決定了，我們就如她所願，兩天之後襲擊和平大樓。」

「妳不要開玩笑了！這不是鳴！」

爆靈不慎觸動了傷口，她立即鐵色鐵青地掩著痛處，可是一雙眼睛仍然瞪著周卓珊。

「如果妳執意這樣做，我要退出這次行動。」

「妳說要退出，但妳可以去哪裡呢？」

周卓珊回以一笑，爆靈當場僵在原地，不知如何回答，見狀周卓珊又笑了，之後她站了起來，慢慢走到爆靈身邊。

「放心，我知道妳在擔心什麼。我們只有區區幾人，不可能敵得過集合起來的超級英雄，妳是這樣想的吧？」

「妳既然知道，為什麼還要——」

在爆靈說下去之前，周卓珊用手指輕輕抵住她的嘴唇。

「因為他們都在害怕。」

周卓珊貼近爆靈，爆靈想要往後退避，可是身體卻不聽使喚，只能夠睜大雙眼看著對

方。

「他們雖然表現得無所畏懼，而且更勇敢地想要奪回主導權，但他們越是這樣做，內心便越是害怕。」

周卓珊慢慢挪開手指，然後捧著爆靈的臉。

「在這種場合，無論來了多少人，『恐怖魔王』都不會敗的。所以，我不會錯過這個大好機會。」

綠色的唇如同要在爆靈的眼睛上烙印似的，之後輕盈地往上勾起。

「當他們束手無策的時候，就會感受到真正的絕望。」

◆◎◆◎◆◎◆

和平大樓隨時會成為戰場，四周理應一片寧靜。然而，這兩天附近都是人聲不斷，不只有來報導事態的記者和電視臺，偶爾還會有市民前來聲援。

看著眼前這一切，關銀鈴雖然高興，但也有一種置身在虛幻夢境的感覺。

「真是奇怪……」

「有哪裡奇怪嗎？」

維多利亞的聲音忽然從後傳來，關銀鈴嚇得大叫一聲，然後撫著胸口輕吁一口氣。

「原來是維多利亞小姐……」

「抱歉，嚇到妳了。」維多利亞微微一笑，接著認真地說：「妳看得如此專注，是有哪裡奇怪嗎？」

「啊，不是這樣，我只是在想……該怎樣說呢，這次行動，不，應該說這次事件真的好奇怪。」

關銀鈴一邊搔著臉頰一邊說。

「妳應該知道，這次行動是由妳那位製作人提出來的。」

「我知道，但真的好奇怪呀。」關銀鈴苦笑一聲，「製作人也說過這次行動和之前的工作完全不同，我明白他的意思，但是大家還是像往常一樣來報導我們的事情，有些人更是來聲援我們……」

「因為不這樣做，他們就會坐立不安。」

忽然另一個聲音在身後響起，這次關銀鈴雖然也吃了一驚，但她總算沒有再叫出來。身後的這名男子穿著一身黑色軍服，臉長得不算俊俏，右邊的眼角下甚至有一道顯眼的傷痕，看得出是被人用刀子割傷，但是男子毫不在意，炯炯有神的雙眼依然無懼一切地看著前方。

這是一張充滿威嚴的臉孔。

而且這是全ＮＣ唯一一張沒有戴上面具的超級英雄的臉孔——為ＮＣ第一事務所ＥＸＢ的第一把交椅「風帝・亞瑟」所有。

「你也看得出來嗎？」維多利亞壓低聲音說：「我還以為高高在上的帝王體會不到這種心情。」

「正因為居於高位，才更要懂得人心。」

亞瑟平靜地說道，之後他轉過頭，望向睜大雙眼盯著他看的關銀鈴。

「那個，亞瑟先生，你好！」

一眾超級英雄已經連續兩天駐守在和平大樓的四周，所以關銀鈴早在昨天已經親眼見過亞瑟，但她現在是第一次在這麼近的距離下和他面對面，霎時間她不知如何是好，只好緊張地往前遞出手。

「我、我是ＨＴ的功夫少女——」

「我知道，梅林跟我提過妳了。」

「咦？梅林先生他提起過我嗎？」

「某一天他突然跑過來跟我說，相比起我，ＨＴ的功夫少女更加喜歡他，所以我記住妳的名字了。」

亞瑟仍然是一臉平靜，不過一聽到他這番話，關銀鈴立即慌張地說：「這這這這這這……我、我沒有對亞瑟先生有任何不敬的意思！我我我我我只是，比較喜歡神秘的梅林先生，而且……」

「而且？」

「……我比較喜歡長得俊俏的男生……不！請不要誤會，我不是說亞瑟先生長得不好看，只是……對了！如果要比喻的話，亞瑟先生就像一個老實的大哥哥？長輩都會喜歡，但年輕的女孩子就是喜歡壞一點的男生……」

關銀鈴的耳根都紅了，她不敢望向亞瑟，只敢低垂著頭，雙手不安地輕輕敲著彼此。

接著，一聲嬌笑倏然響起。

關銀鈴立即抬起頭，驚訝地看著維多利亞。

關銀鈴肯定剛才那是女孩子的笑聲，而眼下除了她自己之外，就只剩下維多利亞一名女子，但維多利亞卻是一臉平淡，她絲毫看不出剛剛對方是否有笑。

「……維多利亞小姐？」

維多利亞依然一臉平常，但當她看著關銀鈴，嘴角終於忍不住往上揚起。

「妳這孩子真是有趣，在NC敢對亞瑟說這種話的人，恐怕就只有妳了。」

「咦？不！這些都是我個人的無知感想！亞瑟先生，請你不要介——亞瑟先生！你怎

麼了？」

「放心，我沒事……」

——誰會相信你沒事呀？

關銀鈴差點就要叫出來了，因為亞瑟現在不只是臉色鐵青，而且還跪在地上！要不是他撐著長劍，整個人恐怕就要貼在地上了吧？

「但原來……我真的是老人家才會喜歡的老古董啊……梅林和蘭斯洛特之前並不是在騙我……」

「我不是這個意思啦！只是……就像一座宏偉的山峰，大家都會敬仰它，但不會有怦然心動的感覺？」

「簡單來說，我就是一個無趣的男人……」

亞瑟的臉色變得更加蒼白了，關銀鈴手足無措，連忙望向維多利亞求救。

「不用管他，過一會他就會回復精神了。」

維多利亞雖然說得平靜，關銀鈴卻覺得對方好像在笑，不過她不敢多問，只是一會看看維多利亞，一會看看亞瑟。

大概過了五分鐘，果然如維多利亞所說，亞瑟就像什麼事都沒發生過似的站起來。

「那個……亞瑟先生你還好嗎？」

「不用擔心。」

不只臉色回復正常，連語氣也回復到一貫的十足自信，關銀鈴雖然有點吃驚，但她還是回以一笑。

接著她轉頭望向前方，想起了亞瑟剛才的話。

「亞瑟先生，你剛才說……大家都在害怕嗎？」

亞瑟點了點頭，然後說：「近十年來，NC對外總是一副天下太平的模樣，但大家都知道這只是假象。在我們不願意碰觸、不願意揭露的地方，黑暗總是伺機而動，而在現在這一刻，黑暗終於向我們伸出魔爪。」

「所以，把它趕回不見天日的深淵之中，正是我們的使命。」

維多利亞接著說道。不料，亞瑟竟然輕輕搖頭。

「這樣真的好嗎？」

維多利亞當場皺起眉頭，「你是什麼意思？」

「活在沒有黑暗的和平世界之中，當然是一件美好的事情，不過我們都很清楚，黑暗永遠都在我們身邊。」

「所以你要和黑暗和諧相處嗎？」

「很可惜，這是不可能的。即使我有這種想法，黑暗之力也會遵從自身的欲望，把一

切吞噬殆盡。」

「既然如此，你到底有何打算？」

「我不知道。也許，是時候讓市民認真看待黑暗的存在了。」

維多利亞明顯不認同亞瑟的話，一雙柳眉皺得更緊了，正當她要反駁之際，關銀鈴忽然低叫出來。

「亞瑟先生、維多利亞小姐，請看那裡。」

關銀鈴感受到兩人之間劍拔弩張的緊張氣氛，不過她並非刻意打斷兩人的對話——在他們的前方不遠處，好像有人正走過來。

「是普通市民嗎？」

對方是一個人，衣著不見特別之處，一臉素顏，而且沒有帶著任何攝錄器材，所以關銀鈴猜測他是來聲援的市民。

然而，她很快就察覺到不妥。

如果是來聲援的市民，他未免太安靜了。

「我去請他回去——」

「等一等。」

亞瑟率先擋在關銀鈴身前，他把右手放在腰間劍柄之上，凝重地盯著前方。

「前面那位先生，請回去吧！」

亞瑟揚聲一喝，晚間靜謐的空氣彷彿都震動了，關銀鈴不禁站直身體，維多利亞也跟著凜然看著前方，偏偏眼前的男子沒有任何反應，繼續朝他們走過來。

「有不妥。」

維多利亞踏前一步，亞瑟也抓緊劍柄，然後再次朝前方叫道：「這個地方很危險，請馬上回去！」

「我當然知道危險啊。」

男子突然回答了，同時他抬起頭，笑著望向三人。

一看到他空洞的眼神，關銀鈴便知道發生了什麼事。

「是她！這是她的超能力！」

雖然沒有指名道姓，但亞瑟和維多利亞立即知道關銀鈴口中的她到底是誰，所以亞瑟二話不說，拔出腰間長劍。

「終於來了嗎？」

亞瑟沉穩的聲音響徹天際，在場的超級英雄馬上趕過來，變身成星銀騎士的胡靜蘭也來到了，並且擋在關銀鈴的身前。

「靜蘭姐……」

「沒事的。」

胡靜蘭悄聲回答，之後她也緊盯著眼前的市民。一直在四周等待的記者察覺到這邊的騷動，全都帶著攝錄器材趕過來。

雖然四周擠滿了人，可是沒有一個人敢隨便開口，鏡頭都對準帶頭的亞瑟以及和他對峙的那名男子。

亞瑟用力深呼吸，接著劍指前方，斬斷這股令人窒息的沉默。

「我們知道妳的超能力，他是受妳操控，對吧？不要再玩這種無聊的把戲，親自來見我們吧。」

「要我這麼一個柔弱的女孩子隻身挑戰你們嗎？拜託，我怎麼會做這種沒有常識的事情啊？」

男子——周卓珊笑著說道，亞瑟正要回答，忽然另一個人影從前方走過來。

「不過，我有好好派代表過來呢。」

看到「他」的一瞬間，所有人都僵住了。

在場所有人早就知道「他」的存在，不過因為英管局一直強行封鎖消息，所以對一般市民來說，「他」只是一個都市傳說，是一個只存在於流言之間的惡夢。

然而，此刻「他」就在眼前。

「這傢伙……」

亞瑟也僵住了，不過他和其他人不同，其他人是因為害怕，而他則是因為憤怒。

「讓我向大家正式介紹。」

男子笑著說道，同時他轉身望著身邊的黑影。

擁有人類的外型，除此之外卻再沒有其他人類該有的特徵，是名副其實的一團黑影。這團黑影足足有兩公尺高，此時應該是臉的部分稍微低下來，就像在看著眾人。

「各位，這就是『恐怖魔王』。」

——恐怖魔王！

所有人本來都知道黑影的真正身分，可是聽到周卓珊如此宣告，還是不禁一驚。

「他是來打倒在場所有超級英雄的，但一面倒的戰鬥會讓你們失去戰意，所以我們準備了一份禮物。」

恐怖魔王的胸口打開一個人頭大的洞，露出一面圓形的木牌。

那是一面再普通不過的木牌，沒有任何裝飾，只有一個深紅色的手印印在其上——正是因為這個手印，胡靜蘭不期然倒抽一口氣。

「那是……！」

胡靜蘭知道這是爆靈的超能力「人工爆彈」，而他們早就想過，假如對方真的來襲擊

大樓，肯定會用上她的超能力。

然而，胡靜蘭非常了解爆靈的超能力。

在正常的情況之下，爆靈的超能力只會在物件之上留下淺紅色的手印，但眼前的紅色手印竟然明顯得像是用油漆塗上去的，胡靜蘭只想到唯一的解釋——

「這面木牌，是一枚威力遠比之前所有炸彈加起來都還要厲害的巨大炸彈。」

周卓珊的話印證了胡靜蘭的想法，這次不只是她，其他超級英雄都倒抽一口氣，之後恐怖魔王的胸口被黑影填滿，木牌被收進裡頭。

「放心，我不會現在引爆它。讓我看看……在場好像有二十名超級英雄呢，當你們全部倒下之後，恐怖魔王就會走進和平大樓，然後把它炸得粉碎。」

「妳是認真的嗎？憑他一個人，就想打倒我們全部？」

亞瑟皺起眉頭，一臉不以為然，周卓珊卻回他一笑。

「我知道你們不會相信，所以，與其用嘴巴來說，不如讓你們用身體好好感受——」

男子驟然倒下。他沒有失去意識，只是身體突然被一股沉重的力量扯到地上——不對，應該反過來說，有一股沉重的力量把他壓在地上。

「我正好要說，我們不是來談天說地的吧？」

維多利亞的聲音傲然響起，男子奮力想要抬起頭，可是他連一根指頭都動不了，只能夠聽憑維多利亞往前踏出腳步。

「面對邪惡之徒，我們沒必要多費唇舌。」

維多利亞不再看著男子，仰起頭盯著比她高大足足一個頭的恐怖魔王。

「就讓你用身體親身感受你的無知和愚昧吧。」

「妳——！」

男子終於可以動了，可是他才剛開口，又有一股重力壓在他身上——不只如此，就連地面也遭受這股重力擠輾，被軋出一道龜裂！

◆◎◆◎◆◎◆

一眾超級英雄駐守著和平大樓，但並非所有超級英雄都待在那邊——許筱瑩和藍可儀待在QVA的事務所，等著另一邊的聯絡。

許筱瑩相當焦急。這兩天以來她都在等待，除此之外她什麼都做不了，這種無力感幾乎要把她壓垮了，不過她沒有放棄，即使再焦急也好，她知道這是唯一找到爆靈的機會。

接著，放在桌面上的檯燈亮起了紅光。

「……來了。」

許筱瑩本來以為她會激動得跳起來，可是當她盯著紅燈的時候，心情竟然異常平靜，一直在滲出汗水的手掌也不再顫抖。

「前輩……」

相比起許筱瑩，藍可儀卻是十分不安。她並非因為害怕當下或接下來要發生的事情，她會感到不安，是因為許筱瑩實在太冷靜了。

「我們走吧。」許筱瑩沒有察覺到藍可儀這份心情，她逕自站了起來。

藍可儀隨即張開嘴巴，可惜什麼話都說不出來。

就在這時，卡繆走進了房間。

卡繆看了看桌上的紅燈，再轉頭看著許筱瑩。

「妳們要出發了？」

「是的。」許筱瑩輕輕點頭，「按照我們之前的計畫，我和千面會到南街搜索，如果找到爆靈，會立即通知妳們。」

「那麼，我和可愛鎖鏈會到東街。」

許筱瑩說得平靜，卡繆也用相同的語氣回答。這就是另一組超級英雄的任務——游諾天制訂這個計畫的時候就猜想ＳＶＴ會繼續利用爆靈的超能力，所以當對方真的在和平大樓現身的時候，爆靈就會身處以和平大樓為圓心的兩公里範圍之內。

雖然不知道確實的地點，但這已經大幅縮小了要搜索的範圍，而且爆靈不可能在公眾場合公然現身，她必須要躲起來，所以搜索組只需要搜索能夠藏身的隱蔽場所。

「……我們走了。」

許筱瑩悄然避開卡繆的視線，想要繞過她走出房間。

「等一等。」

冷不防卡繆叫住了她，她當場一怔，然後裝作平靜地看著對方。

「有什麼事嗎？」

卡繆卻沒有說什麼，只是維持一貫的表情望著許筱瑩。

「……如果沒有特別的事情，我回來之後再談——」

「啪——！」

話說到一半，卡繆猝然舉起雙手，朝著許筱瑩的屁股，不對，是朝著她的臉頰打下去！

這記擊掌發出如雷巨響，許筱瑩兩邊的臉頰也因此變得通紅，她也許是太震驚了，所以只能呆愣在原地，而把一切看在眼裡的藍可儀則掩著嘴巴蓋住驚呼聲。

「卡繆小姐，妳這是……」

「之前我說過了，我不擅長安慰別人。」

卡繆忽然重提舊事，許筱瑩仍未回過神，只是舉起手輕輕撫著臉頰。

「所以，我只能這樣做。」

說完之後，卡繆走到藍可儀身邊，舉起雙手。

「咦？等、等一等……嗚！」

「啪！」雙掌打在藍可儀臉上，聲音實在太過響亮，許筱瑩幾乎以為是自己被打，身體反射性僵住了。

「卡繆小姐，妳到底在——」

「我看得出妳們仍然在迷惘。不過，這是妳們自己的決定。」

卡繆讓藍可儀把雙手舉在胸前，然後朝著它們用力擊掌。

「所以，妳們現在只要相信自己。」卡繆堅定地說出這句話。

許筱瑩和藍可儀都愣在原處，接著藍可儀率先回過神來，她小跑步到許筱瑩身邊，然後模仿卡繆把對方雙手放在胸前。

「啪——！」

雙手傳來的疼痛，終於讓許筱瑩清醒了。

「前輩，我、我們走吧！」

藍可儀聲音都變調了，不過她仍然奮力叫道，許筱瑩看著她，臉上表情雖然不變，但隨即輕輕吁一口氣。

「嗯，我們走吧。」

許筱瑩用力點頭，在離開房間之前，她向卡繆低頭行禮。

見狀，卡繆不苟言笑的嚴肅臉孔，第一次露出微笑。

◆◎◆◎◆◎◆

許筱瑩和藍可儀趕到南街，這裡本來就是工廠林立的地區，躲藏的地方要多少有多少，正好其中一座工廠因為器材維修的關係而臨時關閉，假如要躲起來，這裡絕對是最佳地點。

所以，當許筱瑩看到眼前工廠的大門有被人強行破壞的痕跡，她沒有慌張，只是立即握緊拳頭。

「前輩，這是……」

「她就在這裡，不過……」

工廠大門不可能會無故遭到破壞，肯定有人闖了進去。在這種敏感時期，入侵者幾乎可以肯定是ＳＶＴ了，但許筱瑩沒有忽略一件事情。

工廠的大門並非被炸彈炸開，而是有人用利器把鎖頭斬斷了。

「小心一點，裡面還有別的人。」

「……要聯絡其他人嗎？」

藍可儀小聲問道，許筱瑩猶豫了一會，最後點了點頭。

「聯絡卡繆小姐，不過要告訴她，只肯定有人闖入工廠，未清楚入侵者是否爆靈。」

「嗯……」

藍可儀立即發送簡訊給卡繆，辦妥之後，許筱瑩領著她走進工廠。

這是一座共兩層樓的工廠，許筱瑩不知道這裡是做什麼的，但看到放置在四周的紙堆和寫著不同分類的貨架，她推測這裡是印刷工廠。

不過，這裡是什麼工廠並不重要。

重要的是，頭頂的燈光突然亮了。

「……！」

藍可儀險些要叫出來，許筱瑩也吃了一驚，她立即變出一把左輪手槍，二話不說指著前方。

「是誰！」

「這是我們的問題呢，兩位可愛的小姐。」

在她們前方的是兩名男子，其中一人面色蒼白，另一人則相當高大，即使他們之間至少有五十公尺的距離，男子卻充滿存在感，許筱瑩甚至覺得對方就站在身前，所以不禁嚥一口唾沫。

「看妳們的打扮，應該是超級英雄？可是我明明聽說超級英雄都去了和平大樓那邊駐守啊？」

高大男子——華爾平靜地說道，語氣間聽不出絲毫敵意，但許筱瑩沒有因此鬆懈，反而變出另一把手槍。

「回答我，你們到底是誰？」

許筱瑩不答反問，同時把兩個槍口對準他們。

華爾隨即瞇起雙眼，然後望向身邊的骨狼。

沒有說任何話，也沒有做任何動作。

下一刻，骨狼猛地撲出。

雖然一直在戒備，但骨狼的動作實在太突然了，許筱瑩險些反應不及，幸好在骨狼撲上來之前她及時扣下扳機，兩發子彈分別朝著骨狼左右兩肩射去。

骨狼必須往其中一邊閃避才行，而趁著他閃避的一刻，許筱瑩便會再扣下扳機，到時候他必定中彈——這是許筱瑩在千鈞一髮之際想到的戰鬥策略，可是出乎她意料之外，骨狼竟然不閃不避，甚至主動向前迎上子彈！

「怎麼會——！」

中彈的衝擊令骨狼稍微失去平衡，可是他很快便抓緊地面，接著趁許筱瑩驚訝之際，指骨從指尖爆突而出，凶狠地往前抓去！

「前輩！」

「嘖……！」

許筱瑩慌忙仰後身體，狼狽地避過這記猛擊，同時她變出一把槍口大如拳頭的手槍，對著地面扣下扳機。

「砰！」隨著槍聲爆發，一團煙霧瞬間吞噬四周。

許筱瑩連忙抓起藍可儀往另一邊逃去，之後她們躲在其中一部大型印刷機的後方，藍可儀想要開口，但許筱瑩搶先掩住她的嘴巴。

情況不妙。

骨狼沒有追上來是不幸中之大幸，不過許筱瑩知道，當煙霧散去之後，對方肯定會再次攻擊。

同時她也知道，爆靈就在這裡。

不，也許這只是她的一廂情願，但要是爆靈不在這裡，ＳＶＴ的人又怎會在這裡？這裡明明是一座普通的工廠，工廠附近也不是住宅區，即使襲擊這裡也不會造成傷亡，所以他們一定是在看守某個重要的東西才會待在這裡。

也就是說，只要打倒他們，就可以見到爆靈。問題是要怎樣做才可以打倒他們？

許筱瑩回想剛才骨狼中彈的一刻。她肯定對方中彈了，從中彈的聲音和他的後續動作來看，他不可能是假裝中彈，不過在他身上卻好像看不見傷口，而且他臉上也不見任何疼痛神色，難道他的身體硬到足以擋下子彈嗎？

「……不對。」

是骨頭。

擋下子彈的並非他的皮膚或肌肉，而是他的骨頭。許筱瑩想到最後骨狼的攻擊，再想起工廠大門被破壞的痕跡，她當場竄起一陣惡寒。

如果真的是骨頭擋下子彈，那麼他就等於穿著一件看不見的盔甲，而且這件盔甲還可以化成武器主動攻擊。

瞄準一般地方是不可能打倒他的，但他的動作明顯比許筱瑩更快，即使她可以操控子彈的彈道，他很可能在她調整彈道之前就來到她身前。

變成接近戰的話，她絕對不可能打倒對方。

機會只有一個。當煙霧快要散去的時候，率先射出麻醉彈，然後趁對方未能反應之前把子彈射進沒有骨頭保護的腹部。

雖然還有另外一名男子，他可能擁有更加麻煩的超能力，但現在必須要先打倒其中一個人——

「唔噗！前輩——！」藍可儀突然大聲驚叫。

許筱瑩猛地轉過頭來，她還未搞清楚發生什麼事，便見到身後的印刷機出現裂痕。

接著，印刷機被斬得粉碎！

「可惡！」

骨狼的身影踏在印刷機的殘骸之上，許筱瑩連忙對著他開槍，可是骨狼倏地一抓，槍口當場一刀兩斷。

「混帳……！」

許筱瑩想要變出另一把手槍，不過骨狼並沒有呆呆等著，即使看不清楚前方，右手利爪依然往前抓出。

許筱瑩來不及變出手槍，骨爪已來到眼前——

「轟！」就在骨爪要撕開許筱瑩右手之際，骨狼身後的牆壁突然應聲碎裂！一記破風聲緊接而來，骨狼及時躍向後方，之後五把在空中飛舞的金屬長劍不斷追擊著他，迫得他退回華爾的身邊。

「喝！」

華爾霍地一聲大喝，一直在追擊骨狼的長劍忽然全部往後退，之後它們在半空迴轉一圈，迅速回到許筱瑩的身邊。

正確來說，是回到站在許筱瑩身邊的男子身邊。

「你……！」

從碎裂的牆壁處吹來一陣強風，吹散了工廠裡的煙霧，所以許筱瑩清楚看到身邊男子的模樣。

「妳們的事情，我聽索妮亞小姐說了。」

黑中帶銀的金屬盔甲。

在夜裡耀眼閃爍的湛藍光芒。

以及如同擁有生命一般，在他身邊懸空飛舞的六把長短不一的劍。

在ＮＣ只有一人符合這些特徵，不過在許筱瑩記憶之中，他應該還待在醫院才對。

「所以，請讓我來助妳們一臂之力。」

因為隔著頭盔的關係，對方的聲音聽起來有點遙遠。

不過，許筱瑩卻不禁感到一陣激動。

眼前這名男子，正是ＣＪ的首席英雄天劍。

「……為什麼你會在這裡？」

「大家都在努力戰鬥，不可以就我一個人待在醫院偷懶。」

「但是你的手——」

「爆靈小姐就在上面。」天劍忽然說出這句話，許筱瑩頓即愣在原地。

「去找她吧，這裡由我來應付。」

「原來是爆靈的朋友嗎？很可惜，我不會讓你們去找她的。」擋在三人前方的華爾開口說道。他看著天劍，冷笑了一聲。

「你就是之前被爆靈炸傷的天劍，對吧？你明明是ＮＣ第三位英雄，卻這麼輕易就被打倒了，真是名過其實。」

華爾露骨地挑釁天劍，天劍卻不為所動，只是淡然地說：「之前我是大意了，不過我不會再犯相同的錯誤。」

華爾隨即挑起眉頭，「你的意思是你可以打倒我們嗎？」

「正有此意。」

天劍輕輕轉動左腕，身後六把長劍馬上直指前方，華爾見狀沒有害怕，嘴角反而勾得更高。

「真是可笑，被爆靈打倒的人竟然還敢大言不慚。你以為我會讓你們走上去嗎？」

華爾看似毫無防備，不過他的超能力其實早已發動——一道無形的牆壁正擋在中間，把他們分隔兩邊。

「我不需要徵求你的同意。」

「真大的口氣，那麼你來試試吧。」華爾張開雙手，就像要用身體迎接天劍的攻擊。

他並非自大，而是他的超能力真的可以擋下天劍的攻擊——可是他忽略了一件很重要的事。

「小心！」骨狼率先察覺到了。

華爾的超能力的確是牢不可破，可惜只限於牆壁擋著的前方。

而天劍能夠操控的長劍數目，是七把。

一把長劍霍地從華爾的身後破土而出，華爾還來不及反應，長劍便結實地撞上他的背部！天劍的長劍並不鋒利，可卻是相當沉重的鐵塊，受到此等撞擊，華爾慘叫一聲之後便昏倒了。

「上去吧，我會對付這個傢伙。」

要走上工廠的二樓，必須先闖過仍然擋在前方的骨狼，可是骨狼現在沒有閒工夫理會許筱瑩和藍可儀，因為天劍和他的七把長劍都已對準骨狼。

所以許筱瑩沒有猶豫，馬上朝著前方的樓梯跑過去。

第七章

我不會再犯相同的錯誤了！

十億重力——維多利亞其實並不喜歡這個名字，不過她知道要在超級英雄業界立足，不只是超級英雄本身，連其擁有的超能力也相當重要，即使威力再強，名字不能讓人記住就算失敗了，所以她決定為她的超能力起這個名字。

顧名思義，這是能夠控制重力的超能力，她能夠增強特定地區的重力，從普通的雙倍重力，到最厲害的十倍重力，有時候她會反其道而行，減輕目標的重力讓其飄浮。

一般人承受雙倍重力已經覺得寸步難移，假如是三倍重力，甚至會難受得伏在地上，要是提升到四倍甚至是五倍，肯定會被重力壓得喘不過氣。

現在，維多利亞使用了「七倍重力」。

她未曾在公開場合使用過七倍重力，因為她知道這樣的重力變化實在太危險了，假如不慎把無辜人士捲入，對方肯定會身受重傷——沒錯，就如同眼前這位倒地的市民一樣，他只是受到周卓珊操控，不是真正的敵人，所以維多利亞並不想傷害他。

但她還是這樣做了。

更加出乎意料的是，真正的目標依然屹立原地。

維多利亞內心滿是驚訝，但她沒有表現出來，一雙杏眼繼續盯著前方。

「維多利亞，退下！」

沒有人敢對ＱＶＡ的女王大人下命令，除了一人——ＥＸＢ的第一英雄亞瑟。

維多利亞沒必要聽從亞瑟的命令，不過她立即解除超能力並向後退避，同一時間，後方傳來轟然巨響，圍觀的市民馬上驚叫，接著全部興奮地舉手歡呼！

「暴君恐龍，上！」亞瑟下令。

「咕吼——！」

超級英雄往兩旁散開，緊接著一頭巨大的三角龍轟然現身，牠踏著沉重的腳步，結實地撞向恐怖魔王！

一直屹立不倒的恐怖魔王終於被撞得連連後退，市民見狀歡呼得更加厲害了，尤其他們見到恐怖魔王似無力抵抗只能夠舉手抓住三角龍的尖角時，更是高叫著暴君恐龍的名字，似乎確信他已經得到了勝利。

然而，暴君恐龍卻是驚訝不已。

雖然不知道恐怖魔王的真正身分，但見對方擁有人類的外型，暴君恐龍在衝撞的時候確實有手下留情，不過他現在可是變身成比對方還要巨大幾倍的三角龍，正面承受此等撞擊，直接被撞飛也絕不奇怪。

可是對方就只是退後幾步。

而且還可以舉起手抓住他的尖角。

「星銀騎士，用超能力纏住他！冰雪女王、閃電射手，準備攻擊！」

亞瑟再度下令，胡靜蘭察覺到他的語氣比之前似乎略微焦急，所以她立即運起超能力，放置在兩旁的鐵柱馬上騰空而起，朝著恐怖魔王飛過去。

「……！」

鐵柱猶如繩索一般綁住恐怖魔王，接著一聲雷鳴響起，暴君恐龍倏地變回人形，一道閃電和冰箭從他頭頂飛過，筆直刺向前方。

「…………！」

冰和閃電打中恐怖魔王，發出了耀眼的閃光，所有人都屏息靜氣看著，之後待閃光消失，見恐怖魔王動也不動，只是垂下頭待在原地，民眾再一次爆出歡呼聲。

「打倒他了！超級英雄勝利了！」

「太厲害了！果然超級英雄是最強的！」

「超級英雄萬歲！」

歡呼聲此起彼落，電視臺也沒有閒著，記者們連忙抓著攝影機，想要近距離拍下超級英雄勝利的英姿——

「不要過來！」

亞瑟駭然大喝一聲，同時揮出長劍，一道狂風隨即捲起，之後狂風就像擁有自己的意識，如同洪水般湧向恐怖魔王。

然而，狂風還是阻擋不了恐怖魔王。

「轟！」鐵柱斷裂的聲音彷彿成了恐怖魔王的咆吼，胡靜蘭還來不及讓鐵柱再度纏上去，恐怖魔王已經舉起右臂，巨大無比的漆黑鐵拳如同炮彈一般轟向暴君恐龍！

暴君恐龍及時變形右臂，用厚重的肌肉和堅硬的鱗片擋下這記猛攻，可惜對方的力量遠超想像，暴君恐龍竟然站不住腳，直接被這記直拳擊飛！

「咿嘿嘿哈哈哈哈——！」

恐怖魔王猝然怪叫，他的身體急遽膨脹，原本已經很巨大的身軀，現在竟然變成足足三公尺高！

同一時間，他的臉上露出新月形的白色奸笑。

「我感覺到了……」

恐怖魔王俯視著眾人，白色的新月變得更加尖銳。

「我感覺到……你們在害怕了！」

明明是高聲咆吼，聲音卻像從地底的溝壑傳來一般，不只是市民和記者，就連超級英雄們都感受到一股惡寒。

其中，剛才發動攻擊的冰雪女王忍不住退後一步。

這只是細微的一小步，莫說是其他人，就連冰雪女王自己也沒有察覺——不過恐怖魔

王察覺到了。

「嘿嘿……」

陰森的笑聲又再響起，之後恐怖魔王橫舉雙手，以毫無防備的姿態面對眾人。

這是攻擊的好機會，可惜的是，在場雖然有超過十五名超級英雄，不過一直以來超級英雄的工作並非戰鬥，所以在這種場合，大部分人只敢盯著恐怖魔王而不敢有任何行動。

但一直在發號施令的亞瑟沒有錯過這個大好機會。

「千眼、星銀騎士，配合我！」

亞瑟高舉長劍，一道狂風隨即自恐怖魔王腳下捲起，一直在旁候命的千眼立即猜到亞瑟的用意，她和胡靜蘭交換視線後，命令身邊六個炮臺往前飛出；胡靜蘭也沒有怠慢，她用超能力舉起四周鐵塊，然後把它們包覆在炮臺之上。

狂風越轉越快，馬上要變成一團龍捲風，千眼的炮臺及時乘上這股氣流，隨著風勢在恐怖魔王身邊高速旋轉。

「激光，發射。」

六發激光從炮臺口中射出，而在風勢的帶動之下，激光化身成鋒利的光劍，凶狠地切開恐怖魔王的身體！

就在這時，恐怖魔王的身體突然爆炸了。

「這是……！」

被激光切開身體，頂多會一刀兩斷，但絕對不會發生爆炸——亞瑟驚覺事情不妙，不過他沒來得及反應，龍捲風便被這記爆炸炸開，無數的黑色團塊噴濺到空中，馬上就要傾盆而下。

市民和記者還待在四周。

亞瑟連忙運起超能力，維多利亞也跟著減輕四周重力來延緩黑色團塊的墜落速度，可是團塊的數量太多了，僅憑他們兩人實在難以全部阻擋，所以一眾超級英雄趕忙跑到市民身邊，準備替他們擋下這場黑雨。

「趁現在打倒那傢伙——」

情勢雖然危急，但維多利亞沒有忘記恐怖魔王就在眼前，所以她馬上盯著前方，準備趁機攻擊。

然而，恐怖魔王並不在面前。

「小心！」

恐怖魔王就在維多利亞的身後。

當亞瑟驚呼之際，維多利亞還未察覺到恐怖魔王已來到她身後，她更加沒有察覺到對方已舉起右手，毫不留情朝她揍下來。

直至亞瑟舉劍擋在她的身後，她才驚覺到恐怖魔王的攻擊。

「嗚——！」

亞瑟的長劍雖然擋住了恐怖魔王的拳頭，但單論氣力，亞瑟絕對比不上之前被揍飛的暴君恐龍，僅能以暴力來形容的衝擊馬上襲向他全身，縱使他咬緊牙關，他還是抓不住地面，連同維多利亞一起被打飛到後方！

「亞瑟、維多利亞！」

胡靜蘭不敢相信自己親眼所見，同時團塊已來到頭頂，她慌忙舉起鐵板擋住，不料團塊竟然異常沉重，兩者碰撞之際，鐵板竟然被打穿一個洞！

「不好……！」

胡靜蘭馬上抱著身後兩名市民逃走，可惜她還是遲了一步，團塊正好刷過她的腰間，她馬上失去平衡，連帶兩名市民狼狽地跌倒在地。

「嘿嘿……」

頭頂猛然傳來恐怖魔王的笑聲，胡靜蘭連忙抬起頭，果然那張不祥的白色笑臉就近在眼前。

「快走！」

胡靜蘭用盡全力推走兩名市民，之後她想要站起來，猝然腰間一陣劇痛，痛得她跪倒在地上。

她險些要解除超能力，不過她及時咬緊牙關，繼續維持身上的盔甲。

可惜這是極限了。

恐怖魔王的拳頭高舉在天，從天而降的龐大黑影就像要把她完全壓碎，而她只能睜眼看著——

◆◎◆◎◆◎◆

「爆靈！」來到二樓，許筱瑩立即揚聲大叫。

二樓不比一樓空曠，多部印刷機設置在四周，而且在樓層中央還放置了一部幾乎要把房間分割成左右兩邊的大型印刷機，由於二樓的燈光沒有點亮，只有月光和街燈從窗外照射進來，乍看之下它就像一頭默默沉睡的怪獸。

「爆靈，我知道妳在這裡，出來吧！」

許筱瑩以眼神示意藍可儀待在門邊，之後她一邊大叫，一邊小心翼翼地走到大型印刷機跟前。

爆靈仍然沒有回答，但聽著微風從窗外傳來的聲音，許筱瑩知道她就在這裡。

「……這個星期的爆炸案，都是妳做的吧？」許筱瑩壓低聲音問道。

這一次，爆靈回答了。

「妳為什麼會在這裡？」

在白色的月光之下，爆靈終於現身。橙紅色的短髮仍然是如此顯眼，但也許是受到月光的影響，許筱瑩總覺得爆靈的臉色十分蒼白。

「我是來阻止妳的。」

許筱瑩悄然握緊拳頭，爆靈似乎沒有察覺，她只是露骨地皺起眉頭。

「阻止我？嘿，妳憑什麼阻止我？」

「現在還來得及，收手吧。」

「妳是要我去自首嗎？」

「只要去自首，我們都會替妳說情的。」

「這樣啊？真是令人感動……之後呢？」爆靈瞪起雙眼，狠狠盯著許筱瑩。

許筱瑩當然知道爆靈這個問題的意思，而正因為知道，所以她不曉得該如何回答。

「向英管局自首，之後接受審判，不用說我肯定會被關進『迷宮監獄』，也許會被判終生監禁……不對，妳剛才說會替我說情呢，那麼，我大概只會被關個三十年吧？」

「……妳繼續幫ＳＶＴ，只會傷害到妳自己而已。」

「我之前說過了吧？不要現在才擺出一副擔心我的樣子。」

「不只是現在，我一直都很擔心妳！」

「夠了！」爆靈猝然大喝，掌心閃現一團紅光，「如果妳是來說這些廢話的，妳可以省省力氣了，我不想聽！」

許筱瑩的心情沉入谷底。

她早就知道爆靈不會願意聽她說話，但她在心底祈求過爆靈會在最後一刻回心轉意，願意聽她的勸說，並和她一起到英管局自首。

所以，許筱瑩現在只能用力吸一口氣。

「……既然這樣，我不會再說了。」

爆靈沒想到許筱瑩竟然會爽快放棄，她稍微一愣，然後瞇起雙眼。

「妳是什麼意思？」

「無論我現在說什麼，妳都聽不進去的，所以我不會再說了。」

許筱瑩又再吸一口氣。冰冷的氣息讓指頭微微凍僵，但這種若有似無的麻痺感覺，正好讓她冷靜下來。

「不過，我絕對不會放棄妳。」

許筱瑩拉緊雙手手套，然後調整護目鏡。

「我是一個性格糟糕的人，雖然孤兒院的孩子都很黏我，但我也經常會不小心弄哭他們，院長也常說，我要多笑一點才行，不然大家都會因為我板著張臉而避開我……」

聽著許筱瑩這番話，爆靈的眉頭皺得更緊了。

她以前就聽說過許筱瑩的身世——許筱瑩自己告訴她的，但她不明白，為什麼對方現在要說這種事情？

「之後，我得到了超能力。為了減輕孤兒院的負擔，也為了報答院長，所以我決定要當超級英雄。我不要當普通的超級英雄，而是要當成功的超級英雄，要所有人都認識我，然後我要賺很多很多的錢，再把這些錢捐給孤兒院。」

許筱瑩戴好護目鏡，雙手手套也戴好了，她張合雙手，輕輕吁一口氣。

「不過我的英雄之路並不順利，那個時候我好想放棄，反正我早就知道自己不是當超級英雄的料……但我很慶幸當時妳在我的身邊。」

許筱瑩笑了。

不是自嘲的笑，也不是苦笑的笑，而是柔和的微笑。

爆靈抿緊嘴巴盯著她。

「是妳讓我堅持下去的。妳離開ＨＴ的時候，我其實很難過，我好想挽留妳，想和妳一起努力下去……但我沒有這樣做，我不想因為自己的任性，妨礙妳繼續前進。」

「……夠了。」

「可是，我做錯了。」許筱瑩毅然說下去，「我當時應該要挽留妳的。即使這是我的任性，我真的很希望繼續和妳一起努力、一起歡笑、一起難過……因為，妳是我離開孤兒院之後第一個朋友。」

「不要再說這些甜言蜜語，我聽到就想吐。」

「坦白說，我自己也覺得有點難為情……不過，我其實還有很多話想跟妳說，而且恐怕比現在這些話更令人害羞。」

許筱瑩又再笑了，接著她收起笑容，凝望著爆靈。

「所以，我現在要打倒妳。之後不管妳願不願意，我都會把心底的話統統告訴妳。」

「妳這傢伙……」

「這是我從功夫少女身上學到的。她是一個很麻煩的後輩，真的非常麻煩，又天真又傻氣，而且聲音好刺耳，我經常想用膠帶封住她的嘴巴……不過，當她稍微安分的時候，也算是一個可愛的後輩。詳細情形，打倒妳之後我繼續說吧。」

「……那麼，妳就來試試看吧！」

爆靈立即往前張開雙手，許筱瑩也馬上變出兩把手槍，然後——往另一邊逃跑。

「咦……？」

爆靈似乎以為許筱瑩會主動撲上前，不料對方竟然逃跑了，她不禁一怔，之後生氣地大叫：「別想逃！」

爆靈的聲音從印刷機的另一邊傳過來，許筱瑩當然沒有停下腳步，甚至加緊速度往前跑，務求和爆靈拉開距離。

論運動能力，爆靈絕對在許筱瑩之上，而且爆靈的超能力也比許筱瑩更適合近戰。之前在明星遊樂園遇襲時，雖然當時爆靈身邊還有受人操控的花螳螂和黑石鐵球，但即使只有爆靈一人，許筱瑩也清楚知道正面衝突她沒有任何勝算。

她必須先發制人。

四周都是大型物件，幸好這裡並非空曠的地方，即使爆靈現在暴跳如雷，她也不可能不顧自己的安危把印刷機變成炸彈，所以只要搶先繞到她的身後，然後射出麻醉彈，戰鬥就會結束。

後方沒有傳來追擊的腳步聲，所以許筱瑩趕緊加快速度跑到大型印刷機的後面，她沒有急著衝出去，只是屏息靜氣，探頭窺看爆靈的位置。

出乎她意料之外，爆靈竟然還待在原地——而且還倒下了。

「咦？」

許筱瑩以為自己看錯了，她眨了眨眼，之後定睛一看，果然見到爆靈左手按著胸口，神色痛苦地倒在地上。

「妳怎麼了！」

許筱瑩隨即把作戰計畫丟到九霄雲外，連忙跑到爆靈身邊抱起她。

「喂！還好嗎？妳怎麼——」

爆靈臉色鐵青，全身更是冰冷得不得了，許筱瑩慌張地脫下手套，手忙腳亂地替她拭去從額上滲出來的冷汗。

就在這時，爆靈倏地睜大雙眼，然後她咬緊牙關，一手抓向許筱瑩。猶如在熊熊燃燒的手掌，旋即吞噬掉許筱瑩的視線。

◆◎◆◎◆◎◆

「喝呀！」

一道金光及時擋住了黑影。

這團金光的真身，當然就是功夫少女關銀鈴。

關銀鈴使用超能力的時候所向無敵——至少她自己和所有認識她的人，都從未見過她處於「超人狀態」時被人打倒過，無論是橫衝直撞的運鈔車、滔天的巨浪抑或是失控發狂

的機器人，在她的超能力面前非但傷不到她分毫，甚至不能讓她移動半分，可見她的超能力實在霸道。

即使是對付恐怖魔王也不例外。

她本來是這樣想的。

「……咦？」

關銀鈴訝異地睜大雙眼，之後她還未能反應，整個人竟然被打飛了！

「銀鈴！」

胡靜蘭顧不了英雄守則，吃驚地大叫關銀鈴的名字，接著她死命忍住疼痛，使用超能力舉起鐵板接住人在半空的關銀鈴。

「你竟然敢打傷她！」

胡靜蘭怒喝一聲，四周的空氣當場震動，緊接著無數的金屬器材漫天飛舞，它們圍繞著恐怖魔王急速旋轉，然後同一時間朝他壓過去。

「……！」

「冰雪女王、閃電射手！再來一次！」

胡靜蘭奮力束縛住恐怖魔王，被點名的兩人立即咬緊牙關，朝目標射出凶狠的冰箭和閃電——

「嘿哈哈哈哈！」

陡然一記響亮的狂笑響起，胡靜蘭感到有一股力量強硬地要掰開她的雙手，她連忙捏緊拳頭，可是那種力量越來越強勁。

當冰箭和閃電打中恐怖魔王之際，恐怖魔王驀地張開雙手，束縛住他的金屬隨即往外四散，胡靜蘭更有一種被人用力撕開的感覺，喉頭一甜，當場吐出血來！

「嗚……！」

胡靜蘭幾乎要失去意識，整個人無力地癱在地上。她看不見恐怖魔王的身影，只能看到一襲黑影從上方籠罩而下，同時她聽得到四周的驚呼和悲鳴，似乎有人在替他們打氣，但更多的人都在急忙逃命。

接著，一記猛烈的衝擊踩在她的背上，她又再吐出血來。

「嗚！」

「真是難看呢。」一個甜膩的聲音響起了。

本來胡靜蘭連轉身的氣力都沒有，所以看不見聲音的主人，但恐怖魔王抓起她的頭，把她舉了起來，她馬上看到一名記者拿著攝影機，正把鏡頭對準她。

「你們肯定是想趁著這次行動，把超級英雄打倒壞蛋的英姿拍下來，然後讓市民感到安心吧？可惜，這就是聰明反被聰明誤，你們實在太弱了，市民現在只會看到你們落敗的

慘況。」女記者笑著說道。

她當然不是周卓珊，只是另一個受其控制的受害者。

「ＥＸＢ的亞瑟、ＱＶＡ的維多利亞、ＨＴ的星銀騎士……下一個是誰呢？是３Ｒ的冰雪女王，抑或是ＣＪ的千眼？還有其他超級英雄，也許你們真的以為人多就可以打倒恐怖魔王，但你們太天真了。在今天，我們就要徹底打倒你們。」

周卓珊笑著說完之後，恐怖魔王便把胡靜蘭舉到半空中。

——不要、不要、不要！

這個畫面正被轉播到ＮＣ每個角落，所有人看著星銀騎士這個ＮＣ曾經的和平象徵，馬上就要像垃圾一般被丟在地上，內心都湧起了憤怒，可是這股憤怒並非源自對超級英雄的支持，而是對恐怖魔王的畏懼。

一直以來，超級英雄都在守護ＮＣ，只要有他們在，ＮＣ就不會受到任何惡意的威脅。可是現在惡意馬上就要吞噬超級英雄，而超級英雄沒有任何還手之力。

再也沒有人能夠守護ＮＣ。

即使超級英雄敢挺身而出，也不可能阻止這種邪惡——

「停手！」忽然一聲熟悉的叫喊再次響起。

恐怖魔王馬上一愣，他維持著把胡靜蘭舉在頭上的姿勢，慢慢轉過頭去。

剛才被打飛了的關銀鈴，此刻正站在眼前。

金光依舊，眼神也充滿鬥志，可是在超級英雄相繼倒下，而且她剛才也被一拳打飛的情況下，沒有人認為她真的可以打倒眼前的恐怖魔王——不只是其他人，其實連關銀鈴自己也有這種感覺。

發動了超能力的她是無敵的！關銀鈴其實不曾如此說過，不過她對自己的超能力充滿信心，即使是再強的敵人，她都相信自己有辦法與之一戰，並且占據上風。

所以剛才被一拳打飛，最驚訝的就是她本人。

雖然沒有受到致命的重傷，甚至可以說身體沒受到多大的傷害，但關銀鈴動搖了，也許這一次，她真的不能打倒眼前的敵人。

然而，不能打倒敵人是一回事。

承認失敗、承認技不如人、承認自己無計可施，並非值得羞恥或害怕的事情，這些都只是客觀地審視自我的表現。

真正值得羞恥的，是因為感到害怕而轉身逃跑。

普通人可以逃跑，他們也應該逃跑。

但是，她是超級英雄。

超級英雄不能逃跑，也不會逃跑！

「放開星銀騎士，然後……」

關銀鈴沒有掩飾內心的不安，用力吸一口氣。

「我會打倒你！」

「噗噗。」周卓珊忍不住笑了，「妳是認真的嗎？我記得妳，妳是ＨＴ的功夫少女，超能力是『超人身體』……妳該不會真的把自己當成超人了吧？剛才恐怖魔王一拳就把妳打飛了呢。」

「我當然不是超人，但我是超級英雄，我一定會打倒你們！」

關銀鈴再一次深呼吸，周卓珊隨即冷笑一聲，然後轉頭望向身邊的恐怖魔王。

「真是的，我最討厭這種充滿傻勁的小女孩，唯有讓妳看清楚現實——」

周卓珊突然停了口看向恐怖魔王。她沒有睜大雙眼，也沒有顯得慌張，只是不太高興地盯著恐怖魔王。

恐怖魔王竟然放開了胡靜蘭。不是把她丟得老遠，而是把她放在地上。

「恐怖魔王，你在幹嘛？」

「討厭的……氣味……」黑色的臉上仍然掛著猶如鐮刀一般的笑臉，可是恐怖魔王卻慢慢蹲下來，然後往前俯下身體。

就像一隻在警戒的野獸。

「我討厭！」黑色的身軀如同炮彈一般往前射出。

要是被他直接撞擊，恐怕凶多吉少，但關銀鈴竟然不閃不避，更主動迎上去擋住他！

「嗚……！」

關銀鈴雙腿拚命抓緊地面，可是手邊傳來的衝擊實在太大了，她當場再被撞飛，結實地撞向身後的牆壁。

但是，她又一次站起來。

「你的力氣真大呢……不過，我絕對不會敗……！」

話未說完，關銀鈴倏地跪在地上。

周卓珊馬上把鏡頭對準她，嘲諷地冷笑一聲，「還真敢說呢，明明已經站不穩——」

「這次我早有準備了！」

檸檬糖，投入嘴巴！

檸檬，含有豐富的維他命Ｃ，而維他命Ｃ不僅具備抗菌和提升免疫力的功效，它還可以促進傷口癒合，保持骨骼健康。而且關銀鈴吃的不是普通的檸檬糖，而是號稱ＮＣ史上最酸的檸檬糖。只要一顆就可以令熟睡的人馬上清醒，傳說中一次吃三顆的話，連死人都會立即被酸得醒過來！

剛才，關銀鈴吃了五顆，所以她馬上大叫一聲，然後精神奕奕地瞪著恐怖魔王。

「之前我都因為肚子餓而昏倒，我不會再犯相同的錯誤了！」

——她到底在說什麼鬼話？

不只是周卓珊和恐怖魔王，恐怕連其他市民甚至是超級英雄都不知道她在說什麼，他們只見到她突然跳起來，然後無所畏懼地面對明顯比她更加強大的恐怖魔王。

「討厭……討厭……討厭！」

恐怖魔王抓狂似的向她衝過去，一拳便把關銀鈴打到牆上，緊接著黑色的拳影如暴雨般落下，牆壁當場粉碎，但他還是沒有停手，一手抓住關銀鈴的脖子，毫不猶豫地把她摔到地上！

「咕吼吼——！」

恐怖魔王朝著關銀鈴的肚子踢出一腳，關銀鈴似乎連慘叫都做不到，就這樣子在空中旋轉了三圈半，之後她墜落到地上，在地面打出一個大洞。

雙方實力懸殊顯而易見，關銀鈴根本連反擊都做不到。然而，即使身上的衣服都被打得破爛，她還是再一次站了起來。

「我再說一次，我絕對不會敗！」

檸檬糖，再次投入嘴巴！

——難道那是哪裡來的精神亢奮藥嗎？

見關銀鈴每次一吃完就精神百倍，所有人都不禁如此想道。

而正因為她這些直衝天際的叫喊，四周的氣氛逐漸改變了。

「討厭……真的很討厭！」

恐怖魔王霍地張開雙臂，接著他的身體倏地膨脹，變得圓滾滾的，關銀鈴當場一驚，而看到她這個表情，恐怖魔王終於冷笑了。

「嘿嘿……」

黑彈鐵雨，發射！

無數的黑色團塊再次淹沒天空，而且這次它們不像是下雨一般灑落地面，而是像機關槍朝著四方八面亂槍掃射，附近較為脆弱的建築物隨即被打成蜂巢，然後轟然倒塌。

「停手！不要傷及無辜！」

瓦礫如落石般滾滾落下，單憑關銀鈴一人實在無法全數阻止，她只能及時跑到最近的市民身邊，用身體替他們擋下碎石。

然而，碎石突然停下來了。

因為地心引力的關係，在沒有任何支撐之下，所有東西都會往下墜落，不過眼前的碎石卻突然懸空——不只是眼前的碎石，當關銀鈴回過神來，她便發現四周所有碎石都浮起來了。

「……抱歉，我竟然不小心倒下了。」

「維多利亞小姐！」

關銀鈴驚喜地看著前方，維多利亞就站在那裡。

維多利亞的狀態絕對稱不上樂觀，她右半邊的臉都被血染紅，潔白的長裙也讓碎石和血汙弄得狼狽髒亂。然而，即使她呼吸急促，腳步也略顯不穩，她的雙眼依然堅定地看著前方。

「剛才妳說得很不錯呢……我們是超級英雄，所以，絕對不會敗給這種墮落之徒。」

「說得沒錯！真不愧是我看上的女孩子！功夫少女，我真的喜歡上妳了！」暴君恐龍也站起來了，他咆吼一聲，身體馬上變成巨大的暴龍，「打倒他之後，妳和我去約會吧！」

「等、等等！不要在這種時候說這種話啦！你你你沒有常識的嗎？」

關銀鈴當場臉紅心跳，她連忙揮著雙手，可是暴君恐龍卻不當一回事，只是往前踏出結實的一步。

「就是這種時候，才要說出自己的真心話！我真的很喜歡妳，所以哎呀！」

突然一個水溝蓋子打在暴君恐龍的頭上。

胡靜蘭接著壓低聲音說：「想要追求我家的女孩子，要先問過我啊，另外……」

胡靜蘭仍然全身劇痛，雙手和腰間都痛得像要碎裂了，不過她用力深呼吸，盯著恐怖魔王說，「我不會讓你再傷害我家的女孩。」

散落一地的金屬碎片緩緩往上升起，從四方八面包圍恐怖魔王，暴君恐龍也隨即跟著身體俯前，血盆大口一張，露出猶如鋸子的利齒。

「你們是認真的嗎？」

眼見恐怖魔王被四人包圍，周卓珊卻仍然氣定神閒，冷冷地笑了一笑。

「你們都不會好好看清楚你們的樣子啊？幾個連站都站不穩的傷兵，就想要打倒恐怖魔王嗎？」

「不，我們勝不了他。」冷不防，維多利亞老實回答。

周卓珊一怔，然後挑起眉頭。

「那麼，你們就這麼想死嗎？」

「妳錯了。僅憑我們幾個，的確打不倒他，不過我們還有最後的王牌。」

「又來這一招嗎？別開玩笑了，這次不管是誰來當程咬金，都不可能——」

周卓珊突然停了口。不只是她，就連其他人都猝然停下了動作，然後他們都感受到一陣風。

這並非一陣狂風，它掠過眾人身邊，皮膚並未有被切割的感覺，只留下一股炙熱。

眾人順著這股炙熱看過去，便見到一個人影緩緩站起來，同時他把長劍橫舉在身前，

風就像被其牽引，慢慢聚集到劍尖之上。

「各位，請替我爭取五分鐘。」

亞瑟不疾不徐地說道。所有人都看得出他也是腳步不穩，右手更是微微顫抖，可是他沒有絲毫畏怯神色，一雙天藍色的瞳孔堅定地凝望前方。

「五分鐘之後，我就會把他一刀兩斷。」

亞瑟手上的長劍隱約泛出白色的光芒。看著這道光，大家立即知道他有何打算，所以一眾超級英雄馬上擋在他的身前，連同其餘四人一起包圍恐怖魔王。

周卓珊也知道亞瑟的盤算，她稍微皺起眉頭，但很快便勾起嘴角。

「我先告訴你一個壞消息吧，即使你使出了『那一招』，也絕對打不倒恐怖魔王，之後所有人就會因為絕望而陷入更深的恐懼。不過你放心，我也有一個好消息要告訴你。」

周卓珊故意停了一會，好讓所有人都聽到自己下一句話。

「在你出招之前，這裡所有人都會被打倒，之後你只能維持這種可笑的姿勢，親身感受你的無力。」

「不會的。」

周卓珊沒想到會有人立即反駁，而且反駁的人竟然不是亞瑟，而是仍然擋在恐怖魔王身前的關銀鈴。

「我們不會讓你們妨礙亞瑟先生，亞瑟先生接下來的一擊，也一定會打倒你們！」

「妳——」

「討厭……太討厭了！」

恐怖魔王猝然一聲怒吼，龐大的身軀再次膨脹，可是這一次他沒有再射出黑色團塊，他只是不斷變大，直至變得像暴君恐龍，甚至比他更加巨大。

「我要……殺掉你們！」

白色的笑容不見了，他的臉變回一團漆黑，之後他無視眼前的一切，凶狠地朝亞瑟衝過去！

◆◎◆◎◆◎◆

赤紅色的手掌馬上就要打在臉上，許筱瑩根本來不及反應，不過爆靈突然低叫一聲，右手就這樣硬生生停在半空中。

「妳受傷了嗎？」

許筱瑩趁機抓住爆靈的右手，爆靈想要甩開她，可是才剛使力，右邊肋骨便一陣劇痛，爆靈倏地咬緊牙關，但還是忍不住叫出來。

許筱瑩駭然想起一個月前發生的事情，她當場臉色鐵青，然後抓住爆靈上衣的衣襬。

「抱歉，讓我看看！」

「妳不要……嗚！」

許筱瑩往上抓起爆靈的上衣，隨即看到她纏在胸前的繃帶和紗布——以及把它們染成深紅色的鮮血。

「這是……被英管局的人打傷的嗎？」

「不關妳的事……」

爆靈雖然沒有承認，但看著她蒼白的臉孔，許筱瑩就知道自己沒有猜錯。

「但……這明明是一個月前的事情啊？」

「就說不關妳的事！」

爆靈抓起許筱瑩丟在地上的手套，紅光一閃，手套當場變成炸彈，然後她毫不猶豫地把它擲出去。

然而，許筱瑩竟然不閃不避，任由手套打在身上。

「怎麼會不關我的事！妳會死的呀！」

許筱瑩完全不在意炸彈就在身上，她一手撥開它，接著一把抱起爆靈。

「妳、妳在幹什麼！」

許筱瑩氣力不大，根本不可能抱起身形相若的爆靈，爆靈趁她施不上勁的時候推開她，慌忙和她拉開距離。

可是胸口依然劇痛，爆靈沒走幾步，又再跪在地上。

「這是我要說的話！妳到底在幹什麼啊？這是一個月前受的傷，就算妳不能去醫院，傷口也不可能一直流血的！這絕對是那個人的超能力，再這樣下去，妳一定會死……跟我回去吧！我會去請求英管局，求他們解除超能力的！」許筱瑩氣急敗壞地叫道。

爆靈一聽，只是輕聲冷笑，「嘿……妳以為妳是誰啊？英管局才不會聽妳的……」

「那麼我會去求製作人！製作人和英管局的卡迪雅小姐有交情，由他去求情的話，卡迪雅小姐絕對會答應的！」

「我不需要你們的施捨！」爆靈猝然怒喝：「我再說一次，妳不要現在才來關心我！反正你們不需要我，我要做什麼、我要去哪裡，都和你們無關！就算我要死，也和你們沒有半點關係！」

「……那麼，妳真的甘心就這樣死掉嗎？」

許筱瑩忽然用異常平靜的語氣說道。比起之前的驚慌失措，這樣的冷靜反而讓爆靈語塞了。

這一個月以來，胸口一直在劇痛，好幾次她都想過要死了，不過那些時候她並沒有害

怕，只是感到一陣憤怒。

可是，現在她終於再一次認清一個事實。

她真的會死。

「妳說我們不需要妳，但是ＳＶＴ那些人就需要妳嗎？不對，他們不是需要妳，他們只是在利用妳！如果他們真的把妳當成同伴，真的關心妳、真的需要妳，怎麼可能要妳拖著這樣的身體戰鬥？」

「這……這種事情我比妳更加清楚！我、我是……」

「不要再自欺欺人了。」許筱瑩毅然打斷爆靈的話：「如果妳真的知道妳在做什麼，那麼妳肯定知道……妳只是在逃避。」

「……逃避？嘿……妳說我嗎？我在逃避什麼？」

「最初妳離開ＨＴ，的確是為了追尋更好的機會……不，也許從那個時候開始，妳就已經在逃避了。妳一直都在努力，可是努力都得不到回報，所以妳不禁在想，也許自己根本不適合當超級英雄。」

「妳……」

爆靈說不出半句話，她只是慢慢撐起身體，雙眼狠狠地瞪著許筱瑩。

「我也有過這種想法，尤其是功夫少女和千面加入之後，我更加懷疑過自己不配當超級英雄……但是，我錯了。或許我真的不適合當超級英雄，不過這種事情根本就不重要。重要的是……」

「也許我們都不適合當超級英雄。」

「不過，大家才不會管這種事呢。」

「只要我們堅持努力，大家一定會支持我們的。」

「所以，我們要做的只有一件事。」

「我不想放棄！妳以前也說過吧？我和妳都不適合當超級英雄，所以我們只能做一件事，那就是——」

「咬緊牙關，繼續努力！」

「以前曾經有一名演員這樣說過呢，如果我們想要有一個快樂的結局，就要看我們在哪裡停下來。」

昔日的回憶湧上腦海，不只是許筱瑩，爆靈也想起來了，想起那些艱苦的日子，也想起那時候的勇氣和希望——這些早就被她遺忘的東西。

「假如在這裡停下來，我們一定會後悔的。」

許筱瑩往前遞出右手。

「妳真的做錯了，妳不只轉身逃避，還加入SVT，替他們製造炸彈，之前更協助他

們襲擊城市……在自首之後，英管局一定不會對妳客氣，他們很可能會把妳關進迷宮監獄，甚至會用更加嚴苛的刑罰來懲罰妳，但無論如何，我都不會放棄妳的。如果妳被收監，我會去探望妳；如果妳遭受到不妥當的懲罰，即使對方是英管局，我也一定會為妳爭取合理的待遇。」

「妳……」

「所以，跟我回去吧。妳可以繼續討厭我，也可以繼續責怪我沒有早點來關心妳，不過妳一定要珍惜自己。」

許筱瑩慢慢走向前。

「妳不應該為了這種事情，在這種地方白白死去。」

「……不要過來！」爆靈霍地把手按在身邊的大型印刷機之上，「妳再走過來，我就要引爆它！」

紅光不斷自爆靈的掌心溢出，以印刷機的體積來看，它肯定是一個威力非同小可的巨大炸彈，如果真的爆炸了，許筱瑩根本無處可逃。

所以她停了下來——爆靈看到之後，立即抿緊嘴巴，然後冷冷地笑出來。

「看吧，嘴巴說得這麼動聽，但關係到自己的生命就退縮——」

「千面，對不起！」

許筱瑩忽然大聲叫道，爆靈當場一怔，訝異地看著她。

「接下來我要做的事，也許會危及妳的人身安全，但我必須要做……所以，真的很對不起！」

「妳到底……」在說什麼？

爆靈還未說完，藍可儀的聲音率先響起了，「請、請不要擔心我！前輩妳去做應該做的事吧！」

「天劍應該還在樓下！妳馬上去找他，要他帶著妳逃走吧！」許筱瑩回道。

「……妳想做什麼？」爆靈終於開口了。

她已經猜到許筱瑩想做什麼，不過她不敢相信，所以只是吃驚地睜大雙眼。

然後如她所料，許筱瑩回她一個微笑之後，再一次慢慢走向她。

「我要帶妳回去。」

「停下來！我真的會引爆它！」

爆靈馬上大喝，右手更加用力地按著印刷機，可是許筱瑩沒有停下來，依然堅定地望著她。

「如果妳真的想這樣做，就做吧，但我不會停下來的。」

「妳……」

「如果要我不管妳的死活，一個人轉身逃走，我寧願和妳一起死。」

「停下來，立即，停下來……！」

許筱瑩終於走到爆靈身邊，然後輕輕握起對方的手。

冰冷、瘦削、沒有氣力的手，彷彿稍微用力就會折斷。

但許筱瑩沒有放開。

哪怕真的會不慎折斷它，許筱瑩都不願意再次放手。

「我們一起回去吧，光。」

◆◎◆◎◆◎◆

面對未知的恐怖，人會感到不安。

面對已知的威脅，人會感到恐懼。

ＮＣ連日來受到炸彈襲擊，超級英雄被打倒的傳聞也傳遍街頭巷尾，整個城市早就陷入驚慌之中，即使英管局立即採取對策，更主動向ＳＶＴ提出挑戰，市民的不安非但沒有減少，反而有增無減。

超級英雄也是。

所有超級英雄都知道蘭斯洛特被襲擊的消息是真的，所以比起一般市民，他們更加清楚知道恐怖魔王的可怕，即使強如暴君恐龍，他也沒有信心能夠打倒這團不祥黑影——而且他沒有忘記一個月前在明星遊樂園發生的事情，所以他的內心比其他人更加不安。

這種藏在心底的不安，正是恐怖魔王的力量泉源。

竟然連暴君恐龍都被打倒！

親眼看到暴君恐龍被敵人打倒後，其他超級英雄更加害怕了，之後亞瑟、維多利亞以及星銀騎士都相繼倒地，他們不禁心想自己根本不可能打倒恐怖魔王。

只要內心萌生了這種想法，恐怖魔王便絕對不會敗——本來這是無法動搖的絕對結果，因為恐懼不會突然消失，只會像滾雪球一樣越滾越大。

然而，就在這個時候，竟然有人明明內心畏懼不安，卻依然挺身而出，擋在他的身前。

不只如此，她竟然還令其他早已倒下的超級英雄再一次站起來，並且和她一起一邊帶著恐懼不安，一邊用盡全力包圍過來。

——討厭、討厭、真的好討厭！

——既然感到絕望和恐懼，就給我乖乖倒下！

「擋下他！還剩兩分鐘而已！」

——為什麼就是不肯乖乖倒下？

恐怖魔王仍然能感受到超級英雄們心底的不安，而且他也確實順利打倒不斷來犯的超級英雄，無論是變成恐龍的暴君恐龍，抑或是手持盾牌進迫的太空騎兵，或在遠處不斷投擲閃電的閃電射手，與有六條手臂的阿修羅……他們統統被打倒了。

另外即使是增強重力的維多利亞、呼風喚雨的冰雪女王，以及操控金屬的星銀騎士，她們的超能力都傷不到他分毫，看到這種壓倒性的戰力差距，他們應該會感到絕望才對。

但他們仍然擋在他的身前。

難道他們真的相信亞瑟的秘密王牌可以扭轉形勢？

不可能，他們口中雖然說要打倒他，但他清楚知道他們只是嘴巴在逞強，即使是亞瑟自己，也從來沒想過可以靠這一招打倒他。

所以他們為什麼要如此拚命？

「最後一分鐘！」

「統統……給我去死！」

「不會讓你闖過去的！」

恐怖魔王撞開暴君恐龍，只要順著這個勢頭往前衝，他一定可以撞倒毫無防備的亞瑟，可是在這之前，關銀鈴的金色身影趕來了。

「喝呀！」

「給我……滾開！」他一口氣衝了上去，要把她連同亞瑟一起撞飛。

恐怖魔王結實地撞上關銀鈴，先前幾次關銀鈴都被他撞飛了，不料這一次她的雙腳竟然抓緊了地面，雖然她被推得退後幾步，卻真的擋下了恐怖魔王。

當下全場爆出歡呼，連關銀鈴自己也忍不住笑出來，可是她知道這已經是極限了，假如恐怖魔王繼續使勁，她一定擋不住他。

還有三十秒。

恐怖魔王和亞瑟的距離，卻只有短短五十公尺——

「功夫少女，我來幫妳了！」

暴君恐龍突然跑到關銀鈴的身邊，他二話不說，拚命推擠恐怖魔王。

「另外，我們去約會吧，我真的好喜歡妳！」

「就說不要在這個時候說這種話啦！就算我有一點點喜歡你，在眾目睽睽之下我也不可能答應吧！」

「咦！真的嗎？妳真的有一點點喜歡我嗎？」

「嗚呀呀呀呀！我沒有這樣說，沒有！」關銀鈴當場滿臉通紅，同時因為腎上腺素上升的關係，她變得更有力氣，可惜仍然不足以擋下恐怖魔王。

不過正因為這一推，為亞瑟再爭取了五秒的時間。

「你們兩個，給我忍住！」

沉重的壓力猝然從上方襲來，闞銀鈴勉強撐下來，可是暴君恐龍馬上被壓在地上，幸好不只是他們，這一次恐怖魔王也被壓得停下來。

十倍重力！

維多利亞僅僅能維持這招十秒鐘，十秒之後，超能力解除，恐怖魔王立即仰天怒吼。地面突然震動起來，一束水柱霍地從恐怖魔王的腳下噴出來，恐怖魔王當然沒有因此被打到空中，可是在水濺到身上的瞬間，它們立即凍結成冰，牢牢地束縛住他。

「給我……去死！」恐怖魔王雙臂一振，冰牢隨即粉碎，接著他舉起岩石大的拳頭，馬上就要擊碎地面。

距離亞瑟所說的時間，還有十秒鐘。

不過，亞瑟笑了。

「抱歉，我好像算錯時間了。」

所有人都驚訝地望向亞瑟——以及在他手上那把閃著耀眼白光的長劍。

「我果然不擅長計算時間……但早到好過遲到，對嗎？」

亞瑟收起笑容，緩緩高舉長劍。

「接招吧，這就是集合我們所有力量而成的一擊……」

空氣凝聚，四周頓時一片死寂。

白光劈下的剎那，天地之間彷彿被斬出一道裂縫。

「風神之刃！」

這一擊，其實並不能擊倒恐怖魔王。

只要心中仍然存有不安和恐懼，恐怖魔王就不會敗。

然而，在看到白光劈開恐怖魔王的一刻，所有人都忘了恐懼，凝神靜氣地看著前方。

閃光過後，恐怖魔王仍然站在原地，臉上更重新掛上白色的笑臉。

最後的決勝一擊失敗了，所有人都陷入絕望——

沒有。

即使強敵健在，但超級英雄們都只是深吸一口氣，挺身擋在對方身前。

一點白光在恐怖魔王胸口閃現。那是比拳頭更小的一點白光，但在漆黑的身體之上，卻如黑夜的明星一般耀眼奪目。

然後，它變成照耀四周的黎明之光。

沒有痛苦的悲鳴，也沒有憤怒的吼叫，恐怖魔王的身體無聲無息地被染成白色，之後他猶如春雪一般，靜默無聲地融化消失。

印著紅色手印的木牌，輕輕掉落到地上。

「爆靈，立即引爆炸彈！」

周卓珊是第一個反應過來的人，雖然她不敢相信，但恐怖魔王已經消失了，所以她沒有猶豫，馬上對爆靈下達命令。

其他人隨即一驚，可是在他們行動之前，木牌猛然閃出紅光——

◆◎◆◎◆◎◆

「我相信妳一定會成功的。我也會繼續努力，將來我們一起合作吧！」

「到時候，我們肯定是大熱的超級英雄呢。」

——那個時候，明明只要這樣子笑著回答就好了。

——為什麼要默默轉身離開？

這一年來，這個情境在夢中出現了無數次，每次她都可以笑著回答，之後和許筱瑩相擁告別。

這件事她從來沒有告訴過任何人，其他超級英雄沒有，ＳＶＴ的人更加沒有，她只敢把這件事埋藏在心底，並用盡全力守住這個秘密。

——不可以讓別人察覺。

如果被超級英雄一方得知，他們就會知道她是軟弱的；如果被SVT的成員得知，他們也會知道她是軟弱的。

所以，即使和許筱瑩重逢，即使對方主動來找她敘舊，她只能夠戴上不耐煩和厭惡的面具，甚至不惜親手打傷對方，都不可以讓對方發現她真正的心意。

——反正一切都太遲了。

從她選擇默默離開那一刻起，她已經沒有回頭路。

既然這樣，不如乾脆放棄。

哪怕她真的好想、好想回到那個時候，如同在夢中一般，和許筱瑩笑著道別。

「光！」

紅光在手中閃現，連同身邊的印刷機都變得火紅，許筱瑩驟然大叫，之後撲前抱緊爆靈，把她護在身下。

不過，印刷機沒有爆炸。

「光，妳……」

「……我好討厭妳，真的，好討厭妳！」

爆靈突然哭著叫道，可是她沒有推開許筱瑩，反而把臉埋在許筱瑩的胸前，「為什麼……為什麼妳就是不肯放棄！如果妳放棄了，那麼我、我就可以徹底死心……」

爆靈用力抱緊許筱瑩。

聽著對方的哭喊，許筱瑩很心疼——但同時也感到安心。

這是第一次，爆靈在許筱瑩面前露出軟弱的模樣。

「我剛才不是說了嗎？因為妳是我的朋友。」

許筱瑩也用力抱緊爆靈，同時她抬起頭，望著身邊的印刷機。

印刷機變回平常的模樣，剛才爆靈印在其上的紅色手印現在也消失不見。

唯一剩下來的，就只有爆靈如同嬰兒一般止不住的哭泣。

終章

這只是第一幕

戰鬥結束了。就結果來看，是超級英雄取得勝利，市民理應會歡呼雀躍，但現場卻是十分寧靜。

一小時過去，在英管局的指引之下，四周人群逐漸散去，部分超級英雄也踏上歸途。從恐怖魔王身上掉下來的木牌仍然默默待在原地，紅色手印已經不見了，可是沒有人敢隨便碰它。

「妳們都辛苦了。」游諾天的聲音從身邊傳來，胡靜蘭隨即抬頭，對著他輕輕頷首。

「……我們勝利了呢。」胡靜蘭試著用輕鬆的語調回答，可惜話來到嘴邊，她還是忍不住壓低了聲音，然後她轉過頭，看著枕在她肩上睡覺的關銀鈴。

「銀鈴她好努力，我們能夠打倒敵人，她功不可沒。」

「大概的情況我聽卡迪雅說了，我會讓她好好休息兩、三天的。」

「還有筱瑩和可儀，也讓她們休息幾天吧。筱瑩她……是一個堅強的孩子，不過發生了這種事，她肯定很難受。」

「我知道。」

「還有光……她的確做錯了，必須接受懲罰，可是……你可以去向卡迪雅求情嗎？假如她最後引爆了那個炸彈，後果肯定不堪設想。」

游諾天淡然地說：「這件事我也聽卡迪雅說過了，待她自首之後，我會去英管局替她求情的。」

「多謝你。」

胡靜蘭終於輕笑一聲，之後她轉回頭望著關銀鈴，關銀鈴仍然在睡，似乎是累壞了。

「……諾天，事情還未結束，對嗎？」

「雖然周卓珊和恐怖魔王的超能力都很可怕，但他們不會是SVT的全部戰力。」

「嗯……」

胡靜蘭握起了拳頭。身體仍然在痛，尤其是左邊腰側，被黑色團塊打中的地方肯定已經腫起來，甚至被打到內傷，不過現在充斥著腦海的，卻非這陣劇痛。

「我有一種想法。」胡靜蘭像怕吵醒關銀鈴似的，聲音放得非常輕，但她自己清楚，她並不是怕吵醒任何人，她只是不敢把這個想法大聲說出來，「NC也許要變回十年前的模樣，甚至……會變得更加糟糕。」

——不會的。

游諾天並沒有這樣說出來，甚至沒有回答，他只是默默轉過頭，看著殘破的街道。

灰燼的氣味隨著微風飄到身邊，淡薄得就像一層彈指可破的輕紗，但同一時間，它也像一團無法被打散的煙霧，悄然覆蓋在他們身上。

然後，緩慢，但確實地在侵蝕他們——

◆◎◆◎◆◎◆

「找到妳了。」

一道白光突然在眼前閃現，接著兩名一高一矮的男子來到眼前。高大的男子面帶著微笑，雙手纏著潔白乾淨的繃帶；矮小的男子則是頂著一個禿頭，手腳也是光禿禿的，沒有半點毛髮。

這樣的組合本身就夠怪誕了，而且他們還是用超能力闖進來，普通人肯定早就大吃一驚，不過周卓珊卻維持一貫的自信笑容，平靜地看著兩人。

「動作真快呢，是爆靈告密的嗎？」

「這種事不重要。」繃帶男子——凶刃回以一笑，然後聳了聳肩，「可以請妳束手就擒嗎？部長大人要我帶活口，坦白說，我都提不起勁了。」

「既然這樣，不如放我走吧？」

「又或者妳嘗試反抗吧？這樣子我就有藉口砍掉妳……本來我想這樣說的，不過我們好像來遲了？」

凶刃自來到之後便一直掛著笑臉，乍看之下似對房內的一切都不感興趣，然而，他和身邊的閃兒一樣，在來到房間的當下就察覺到了。

房間裡飄散著一股濃烈的血腥味，它來自周卓珊身後的地板——以及她手上仍然在滴血的匕首。

「嚴格來說，你們沒有遲到，我本來以為你們只會找到我們的屍體呢。」

「妳幹掉了他嗎？」

「我真的好生氣，明明已經做好萬全準備，他竟然贏不了……看來我太高估他的超能力了，不過我要澄清一件事，我是見他突然陷入瘋狂，在地上痛苦地不斷打滾，才好心送他一程。」周卓珊無奈地嘆一口氣，然後放下手上的匕首。

「這樣啊？真看不出妳有一副好心腸。」凶刃笑了笑，「那麼，如果剛剛他沒有陷入瘋狂，妳會怎樣做呢？」

「就是這樣啊。」周卓珊抓起桌上一個小瓶子，一邊笑一邊搖晃著它。凶刃隨即挑起眉頭——他看得出瓶子明顯空了一半。

「原來如此。這次妳倒是很爽快呢。」

「上次我有信心逃得掉，但這一次沒有這麼幸運了……別看我這樣子，我是很講義氣的，要我出賣他們的情報，我做不到。」周卓珊嫣然一笑，「最後讓我說一句話吧。」

「妳告訴閃兒，我最不擅長傳話了。」

「我也不擅長！」一直待在一旁打呵欠的閃兒猛地大叫。

周卓珊揚起綠色的嘴唇，露出嬌豔的笑容。

「這只是第一幕，好戲陸續上來。」

綠色的嘴唇猝然染上豔紅的鮮血，周卓珊的身體就這樣往前傾倒，沉重地跌在地上。

事情發生得如此突然，凶刃和閃兒卻不當一回事，兩人隨意地看了看倒地的周卓珊，閃兒開口說：「死了呢。要怎樣向大人交代？」

「直接說她服毒自殺就好了，我們又不是神崎，救不了她吧。」

「嗯，就這樣說吧。」閃兒點了點頭，之後又打了一個呵欠。

凶刃趁這個空檔望向周卓珊，接著他忍不住勾起了嘴角，「妳千萬不要騙我啊，不然我會追到地獄砍妳的。」

《新世紀超級英雄04恐怖大王降臨》完

敬請期待《新世紀超級英雄05》精采完結篇！

暴力黑牧師
と
求愛犬騎士
實力派作者
鬱兔
華麗派繪師
夜風
寶貝！
我來保護你！
呀～我的王
咦？
新一代的邂逅奇遇，英雄救英雄!!!
看破壞狂牧師・艾迪恩♂
如何抵抗無視性別追求真愛的忠犬騎士♂
與護草千金♀！

NOVEL KILO
久木 ILLUST
紅蓮利梨花
大神的潛入者
TAKASAGO PROJECT
這本書或許可以
改變臺灣的輕小說!!!
輕小說
知名作家
天罪
推薦
如果二戰過後，臺灣依舊是日治，那會是什麼模樣？
殖民時代下最熱血的輕小說
架空歷史下的臺灣——高砂地區的反抗史詩！
本土TRPG名作《高砂幻想譚》原案，磅礡上市！
典藏閣
華文聯合出版平台
www.book4u.com.tw
采舍國際
www.silkbook.com
不思議工作室_
立即搜尋
版權所有© Copyright 2015

陳詞懶調×PieroRabu
回到過去
BACK TO THE PAST
TO BECOME A CAT NO.12 END
變成貓
他一覺醒來變成貓。
十年貓生過去，當時間
來到記憶中的那天……
人變貓的喵星人歷險記——好萌喵，不買嗎？
全套12集，全國各大書店、網路書店、租書店強力熱賣中！
羊角
典藏閣
華文聯合出版平台
www.book4u.com.tw
采舍國際
www.silkbook.com
不思議工作室_
立即搜尋
版權所有© Copyrig

羊角系列 039

新世紀超級英雄 04

恐怖大王降臨

出版者■典藏閣
作　者■奇梵　　繪　者■Naive
總編輯■歐綾纖
封面設計■Snow Vega
製作團隊■不思議工作室
郵撥帳號■50017206 采舍國際有限公司（郵撥購買，請另付一成郵資）
台灣出版中心■新北市中和區中山路 2 段 366 巷 10 號 10 樓
電　話■(02) 2248-7896　　傳　真■(02) 2248-7758
物流中心■新北市中和區中山路 2 段 366 巷 10 號 3 樓
電　話■(02) 8245-8786　　傳　真■(02) 8245-8718
ISBN■978-986-271-753-0
出版日期■2017 年 3 月
全球華文國際市場總代理／采舍國際
地　址■新北市中和區中山路 2 段 366 巷 10 號 3 樓
電　話■(02) 8245-8786　　傳　真■(02) 8245-8718
新絲路網路書店
地　址■新北市中和區中山路 2 段 366 巷 10 號 10 樓
網　址■www.silkbook.com
電　話■(02) 8245-9896
傳　真■(02) 8245-8819

☞您在什麼地方購買本書？☜

1. 便利商店（ ________市／縣）：☐7-11 ☐全家 ☐萊爾富 ☐其他________

2. 網路書店：☐新絲路 ☐博客來 ☐金石堂 ☐其他________

3. 書店（ ________市／縣）：☐金石堂 ☐蛙蛙書店 ☐安利美特animate ☐其他____

姓名：________地址：________

聯絡電話：________ 電子郵箱：________

您的性別：☐男 ☐女 您的生日：西元________年________月________日

（請務必填妥基本資料，以利贈品寄送）

您的職業：☐上班族 ☐學生 ☐服務業 ☐軍警公教 ☐資訊業 ☐娛樂相關產業 ☐自由業 ☐其他________

您的學歷：☐高中（含高中以下） ☐專科、大學 ☐研究所以上

☞購買前☜

您從何處得知本書：☐逛書店 ☐網路廣告（網站：________） ☐親友介紹
（可複選） ☐出版書訊 ☐銷售人員推薦 ☐其他________

本書吸引您的原因：☐書名很好 ☐封面精美 ☐書腰文字 ☐封底文字 ☐欣賞作家
（可複選） ☐喜歡畫家 ☐價格合理 ☐題材有趣 ☐廣告印象深刻 ☐其他________

☞購買後☜

您滿意的部份：☐書名 ☐封面 ☐故事內容 ☐版面編排 ☐價格 ☐贈品
（可複選） ☐其他

不滿意的部份：☐書名 ☐封面 ☐故事內容 ☐版面編排 ☐價格 ☐贈品
（可複選） ☐其他

您對本書以及典藏閣的建議________

✌未來您是否願意收到相關書訊？☐是 ☐否

✎感謝您寶貴的意見✎

印刷品

$3.5

請貼
3.5元
郵票

不思議信箱
FUSIGI POST

235 新北市中和區中山路二段366巷10號10樓

華文網出版集團　收

（典藏閣－不思議工作室）

新世紀超級英雄
HERO TEAM
04